U0112569

讲义

SHIYEDANWEI
JICHUJINGJIANG

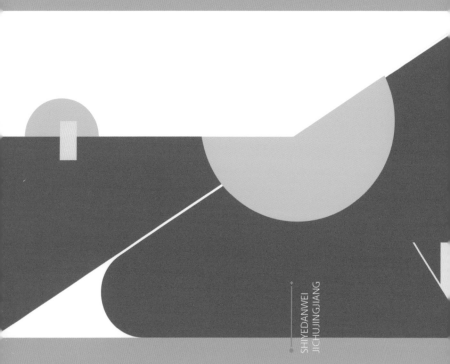

化学探秘

事业单位基础精讲

国家古籍整理出版专项经费资助项目

唐 宋 小 品 丛 书

欧明俊　主编

白居易小品

〔唐〕白居易◎著　　陈才智◎注评

中州古籍出版社

·郑州·

图书在版编目（CIP）数据

白居易小品 /（唐）白居易著；陈才智注评 . —郑州：中州古籍出版社，2020. 12（2023. 6 重印）
（唐宋小品丛书 / 欧明俊主编）
ISBN 978-7-5348-9526-5

Ⅰ . ①白… Ⅱ . ①白… ②陈… Ⅲ . ①小品文 – 作品集 – 中国 – 唐代 Ⅳ . ① I264.2

中国版本图书馆 CIP 数据核字（2020）第 239576 号

BAI JUYI XIAOPIN
白居易小品

选题策划　梁瑞霞
责任编辑　张向敏　梁瑞霞
责任校对　周　靖
装帧设计　书籍/设计/工坊 刘运来工作室

出　版　社　中州古籍出版社（地址：郑州市郑东新区祥盛街 27 号 6 层 邮编：450016　电话：0371-65788693）
发行单位　河南省新华书店发行集团有限公司
承印单位　河南新华印刷集团有限公司
开　　本　787 mm × 1092 mm　　1/32
印　　张　10.25
字　　数　200 千字
版　　次　2020 年 12 月第 1 版
印　　次　2023 年 6 月第 2 次印刷
定　　价　49.00 元

前　言

　　白居易是唐代著名文学家，不仅在当时文坛地位很高，对后世影响也很大；不仅对中国文学有突出贡献，在世界文坛上也享有很高声誉。白居易各体兼善，取材广泛，加之精励刻苦，文学活动持续的时间长，所以作品数量之多，在唐代首屈一指。他的集子也是唐代保存最完整的诗文集。

　　在后人眼中，白居易诗歌的影响较大，其实他的散文也具有重要的地位。《旧唐书·白居易传》称："元和主盟，微之、乐天而已。臣观元之制策，白之奏议，极文章之壹奥，尽治乱之根荄。"评价如此之高，并非史书作者慧眼独具，而是当时文坛之共识。

　　白居易今存散文 860 余篇，诗歌 2800 余首。

无论是作品数量，还是体裁种类的多样化，都很突出。白居易文集中，诗、赋、策、论、箴、判、赞、颂、碑、铭、书、序、文、檄、表、记等各种文学体式皆有收录。《文苑英华》中有三十八种文体分类，竟录有白居易的二十五类作品，这是绝无仅有的。

　　白居易在各种文体中都能大展身手的一个重要原因，是他作为文人官僚，拥有大量执笔公案文牍的机会。尤其为世人所忽略者，白居易是新体古文的宣导者和创作者，在中唐文体革新运动中具有重要地位。白居易的文章，喜用对句和四字句，注重音律的和协，用词色彩丰富而具视觉美感。《旧唐书》称其"文辞富艳"，主要体现在对偶骈整的句式、流美和谐的声调以及明艳晓畅的辞藻。其应试之作《性习相近远》等赋，新进士竞相传于京师；《策林》七十五篇，识见超卓，议论风发，词畅意深，是追踪贾谊《治安策》的政论佳作；《草堂记》《冷泉亭记》《三游洞序》等，文笔简洁，真切凝练，旨趣隽永，是优秀的山水小品；《江州司马厅记》《序洛诗》《醉吟先生传》等，抒写性情，洞开心扉，抑扬起伏，委婉达意，兼有诗性诗情；《晋谥恭世子议》《汉将李陵论》等篇,议论警醒,有为而作,条清缕析,情理相兼;《与元九书》则披肝沥胆,阐述诗歌的生命意义,是古代不可多得的诗学文献;在杭州所撰有关水利的《钱唐湖石记》等,则充分显示出白居易的政务才能。

白居易是著名的"元和六学士"之一,尤精于翰林制诰的写作。在任职翰林学士、中书舍人期间,白居易负责拟写纶言诰命,达到文章事业的高峰。他在《钱徽司封郎中知制诰制》中说:"中台草奏,内庭掌文,西掖书命,皆难其人也。非慎行、敏识、茂学、懿文,四者兼之,则不在此选。"这段话不啻其自我写照。就如为应科试而作拟判、拟策一样,白居易在进入内廷之前和之后,还作有大量"拟制",足以说明他对此类文体的重视。在唐代文人中,唯有白居易采用这种文章分类,后来又被《文苑英华》沿袭,进而影响到后来欧阳修、苏轼等所编"外制集""内制集"。

除程式化的制诰文字外,白居易散体文还包括策问、奏议、论、传状、碑碣、志铭、箴、赞、偈、赋、判、书信、记序、哀祭文等。其中,策问与奏议等,多是富有现实意义的政论文,而文学因素较强的，则是书信、记序及哀祭文。白居易的哀祭文，今存二十篇，其中祭神之文七篇，属于公文性质；祭人之文十三篇，祭吊不同的亲友，伤悼之情直率表露，情真语挚，剀切沉痛。其《祭浮梁大兄文》《祭弟文》和《祭微之文》三篇，可视为其中的代表作。

白居易的文学性散文，在文体上更多的是记、书、序这三类。其中"记"，始于记事，后来逐渐发展壮大，成为涵盖颇广的一种文体，最能体现小品文融记叙、描写、议论为一体的基本功能。白居易现存记体文二十余篇，包括厅壁记、墓碑记、人事杂记、器物之文、营建之文、功德之文、哀祭之文等。从主体性与客体性的角度出发，主要可以分为两类：一类侧重于客观翔实的写景叙事，另一类侧重于对主观情思的抒发。也有的融二者为一体，例如描写亭台阁堂与山水风物者，颇多知名之作。尤其值得一提的是，被贬江州以后，白居易求政不得而放意山水，仕途不顺乃寄情山水，在山水游记领域颇多佳作。

书体文，主要是白居易与师友、亲朋或同事的交往书信，《白居易集》今存书信九通，依据题材内容分为诉友情、叙遭遇、谈艺文等，有的表达出对时事的评判，有的体现出文学艺术上的主张和见解。

序体文，可分为四类：赠序、文序、杂序和游宴序。白居易的序体文在艺术表现上，往往奇偶交错，骈散结合，叙议兼用，体简词足，多用长对，善于运用对话体，对中唐以后的散文创作颇有影响，对北宋时期诗文革新运动形成的平实雅正文风，也有开拓之功。

散文之外，白居易的赋作也很有影响。赋介于散文与韵文之间，更能体现作者多方面的文学才华和文化修养。白居易在《与元九书》说过："日者又闻亲友间说，礼、吏部举选人，多以仆私试赋判，传为准的。"可见，白居易的辞赋在当时就很有影响。白集今存辞赋多为律赋，所谓律赋，是适应唐代科举考试的要求，由骈赋衍变而来的带有固定格律要求的一种赋体。贞元、元和之际，是律赋的鼎盛时期，白居易与同时代的王起、李程、元稹、张仲素、裴度、蒋防等，都是当时的律赋名家。

白居易律赋有十余篇，涵盖体物、言情、纪事、说理、论文五种题材。这些律赋有的属对工巧，有的文辞典雅，也有的"命题冠冕正大"

（李调元《赋话》），显示出白居易作为一代文章作手所独具的艺术个性和特色。

总之，作为文章大家，白居易在记、序、书、论、传、赋等非公文性文体写作中，无施不可，穷极变化，留下一批脍炙人口的作品；而在奏状、诏诰、判、策、表等公文性文体中，白居易更将视野拓展到唐人生活的各个领域，真实而生动地展现出中唐的政治面貌、军事形势、经济状况、生活图景、风俗画卷、伦理道德、哲学思潮，以及这位唐代大文学家丰富的内心世界和思想轨迹。由于包含丰富内容并且保存完整，白居易的文章，不仅是其一生经历与思想情感的写真，同时也可窥见有唐一代的社会面貌以及生活画卷，其史料价值更为历来治唐史者所重视。

白居易诗歌中有一类闲适诗，其散文亦多有闲适之风。无论谈闲适，还是谈唐宋小品文，白居易是无法略过的大家。清王夫之《姜斋诗话》云："唯有一种说事说物单句语，于义无与，亦无所碍，可以灵隽之思致，写令生活。此当以唐人小文字为影本。刘蜕、孙樵、白居易、段成式集中短篇，洁净中含静光远致，聊拟其笔意以骀宕心灵，亦文人之乐事也。"

这里提到的"可以灵隽之思致,写令生活","洁净中含静光远致"两句,正堪为白居易小品文之写真。笔者昔年初读其文,未觉才华如何别样,笔致如何独到;近二毛频见,人过中年,乃渐觉其笔墨颇多他人罕到之处;今参以唐宋其他诸家,甄选其文,注释赏读其作之后,更别有感悟。概言之,上引王夫之的体会,深得吾心。灵隽有思致,洁净含静光,白居易之小品文,斯言足可无愧。这种确幸,这种感怀,愿与读者共享。

本书作为第一部白居易散文选本,所选篇目是在全面参考古今各类相关选本的基础上,斟酌而定,按照丛书体例要求,主要侧重选择文学性较强的小品文。全书分为记体、序体、书体、赋体及其他,共五类。本书注释部分,涵盖史实、人物、官制、地理等。赏读部分,主要品评分析白居易小品文之立意、结构、修辞和艺术表现等,循其文而申其意,阐其艺而畅其趣。此外,着意介绍与所选白文题旨相关的其他作品,以资比较;同时联系所选白文对后世的影响,以见传承,藉此可以勾勒白居易散文承上启下之接受与影响史的线索和轨迹,更好地再现这位广大教化主之于前世的继承、之于后世的遗泽。

　　本书底本为文学古籍刊行社 1955 年影印宋绍兴刻本《白氏文集》七十一卷，同时参考《四部丛刊》影印日本那波道圆翻刻朝鲜刻本《白氏文集》、金泽文库本《白氏文集》等。所选文章的标点，主要参考朱金城《白居易集笺校》、谢思炜《白居易文集校注》等。本书所选白文的注释，主要参考近人岑仲勉诸作。此外，对晚近以迄今日之白居易及唐诗唐史研究的各项有关成果，本书尽己所知，广为吸取。

　　是为前言。

于京华酿雪斋

丁酉冬至初稿，戊戌春分删改

己亥大雪一校，庚子立秋删校

目　录

卷二　序体之文

卷五　其他

卷一　记体之文

春之日，
吾爱其草熏熏，木欣欣。
夏之夜，
吾爱其泉渟渟，风泠泠。

养竹记

竹似贤，何哉？竹本固[①]，固以树德[②]，君子见其本，则思善建不拔者[③]；竹性直，直以立身，君子见其性，则思中立不倚者；竹心空，空以体道，君子见其心，则思应用虚受者；竹节贞，贞以立志，君子见其节，则思砥砺名行夷险一致者[④]。夫如是，故君子人多树之，为庭实焉。

贞元十九年春，居易以拔萃选[⑤]及第，授校书郎[⑥]，始于长安求假居处[⑦]，得常乐里故关相国私第之东亭而处之[⑧]。明日，履及于亭之东南隅，见丛竹于斯，枝叶殄瘁，无声无色。询于关氏之老，则曰：此相国之手植者。自相国捐馆[⑨]，他人假居，由是筐篚者斩焉[⑩]，彗帚者刈焉[⑪]，刑余之材[⑫]，长无寻焉，数无百焉[⑬]。又有凡草木杂生其中，菶茸荟郁[⑭]，有无竹之心焉。居易惜其尝经长者之手，而见贱俗人之目，翦弃若是，本性犹存，乃芟蘙荟，除粪壤，疏其间，封其下，不终日而毕。于是日出有清阴，风来有清声，依依然，欣欣然，若有情于感遇也。

　　嗟乎！竹，植物也，于人何有哉？以其有似于贤，而人爱惜之，封植之，况其真贤者乎？然则竹之于草木，犹贤之于众庶。呜呼！竹不能自异，惟人异之；贤不能自异，惟用贤者异之。故作《养竹记》，书于亭之壁，以贻其后之居斯者，亦欲以闻于今之用贤者云。

【注释】

　　①竹本固：竹子的根很牢固。

　　②树德：施行德政，立德。汉刘向《说苑·至公》："孔子闻之曰：'善为吏者树德，不善为吏者树怨。'"

　　③不拔：不可拔除，不可动摇，形容牢固。《老子》："善建者不拔，善抱者不脱。"

　　④名行：名声与品行。夷险一致：无论危险还是平安都始终如一。

　　⑤拔萃选：唐代考选科目。《新唐书·选举志下》："选未满而试文三篇，谓之宏辞，试判三条，谓之拔萃，中者即授官。"

　　⑥校书郎：东汉时，征召学士至兰台或东观官中藏书处校勘典籍，其职为郎中者，称校书郎中；其职为郎者，则称校书郎。三国魏始置校书郎官职，司校勘官中

所藏典籍诸事。唐代因之。

⑦求假居处：寻求借居的处所。

⑧"得常乐"句：找到地处常乐里的已故关相国私宅的东亭住下来。常乐里，《唐两京城坊考》卷三朱雀门街东第五街常乐坊："刑部尚书白居易宅。"这是白居易在长安的第一处居所，位于今陕西西安交通大学校园东亭。故关相国，指关播。《旧唐书·关播传》："关播字务元，卫州汲人也。天宝末，举进士。……建中三年十月，拜银青光禄大夫、中书侍郎、同中书门下平章事。"

⑨捐馆：抛弃馆舍。死亡的婉辞。

⑩筐筥者：用竹编制竹筥的人。

⑪篲帚者：用竹捆扎扫帚的人。

⑫刑余：受过肉刑，判过刑。《韩非子·内储说下·六微》："刑余之人，何事乃敢乞饮长者！"此指幸存下来的竹子。

⑬长无寻焉，数无百焉：竹子长度不到一寻，数量不到一百。

⑭菶茸（běng róng）荟郁：草木茂盛茂密的样子。

【赏读】

　　本文作于贞元十九年（803）春。时年三十二岁、考上进士已有三年的白居易，被授予秘书省校书郎之职，在长安校刊书籍。

　　唐代长安是当时世界知名的大都市，白居易来到长安，首要的问题是住在哪儿。虽说他少年时就曾来到京城闯荡，但是真正在长安城落户还是到任校书郎后。诗题中提到的"常乐里"，是由兴庆宫往南的第二坊，东面离春明门很近，是白居易最初在长安定居之处。清人徐松《唐两京城坊考》卷三谓："乐天始至长安，与周谅等同居永崇里之华阳观，至选授校书郎，乃居常乐里，盖此为卜宅之始也。"所谓"卜宅之始"，即白居易《养竹记》所云"始于长安求假居处"。同现在的北漂一族相似，初入京城的白居易选择了租房。租住的房子就在长安城常乐坊内，是已故相国关播的宅院中的东亭，宅院不大，倒很清幽。《常乐里闲居偶题十六韵》一诗写道："茅屋四五间，一马二仆夫。俸钱万六千，月给亦有余。既无衣食牵，亦少人事拘。遂使少年心，日日常晏如。勿言无知己，躁静各有徒。兰台七八人，出处与之俱。旬时阻谈笑，旦夕望轩车。谁能雏校间，解带卧吾庐。窗前有竹玩，门外有酒沽。何以待君子，数竿对一壶。"正可为《养竹记》一文参考。

　　住进相国府的第二天，白居易在东亭内四处走走，来到东南角，发现这里有一片竹丛，然而这片竹丛却枯黄憔悴。他向相府里的老人家请教，得知这片竹子是已故相国亲手所植，相国六年前去世以后，府内房舍外租，房客常用竹子编筐子、做扫帚，乱砍滥伐，剩下的残竹不足百根，杂草丛生。爱竹之人白居易，有感而发，由物及人，写下这篇托物寓意的散文《养竹记》，以竹子为题咏的对象，将竹子比作贤人，赞美具有正直坚强品德的君子贤人，对肆意摧残竹子的行径表示愤慨，同时，深感人才的成功离不开环境因素，竹子和贤人都是由于使用者不同才显示出差别，所以提出应该正确培养和使用人才。

这篇小品文很短，寓意却深远，其最突出的艺术特色就是借物咏志。宋人刘挚撰有《和洗竹诗》，洪咨夔《题刘忠肃和洗竹诗帖》称刘挚："洗竹和篇，与白乐天《养竹记》同意，辟邪卫正，严矣。异时罢相，乃出于所善之杨畏，何荟翳托根之深耶？"刘、白写竹诗文意同之处，即在于借物咏志，辟邪卫正。宋人黄坚选编《详说古文真宝大全》则评价白乐天《养竹记》说："此作与濂溪《爱莲说》相似，一寄意于贤，一寄意于君子，非徒在于竹与莲而已也。"也看出这篇小品文借物咏志的特点。

宋代吕祖谦编有《东莱集注类编观澜文集》，其中选录白居易诗文九篇，《养竹记》即为其一。乾隆皇帝有《题白居易养竹记》云："潇洒白少傅，妙理寄清谈。自为养竹记，竹性颇能谙。森森抽枝筱，千头绿玉簪。欲疏不欲密，三昧还须探。亦思觅几个，琅玕栽宅南。"乾隆之弟爱新觉罗·弘昼亦有《题白乐天养竹记》，诗云："乐天爱竹取何意，取其劲直耸千亩。亭亭苍秀在我园，萧萧幽韵傍我牖。乐天记竹记何美，记其不凋与不朽。森森密叶待凤来，通中直外耐长久。想彼夭夭桃李花，与彼翠翠岸旁柳。秋风瑟瑟霜露寒，前日妖娇今皆丑。何如此君历四时，翠色不改挺操守。宜乎乐天作竹记，永与松梅为三友。"

吕午《跋漕司佥厅壁书白乐天养竹记》云："佥所改造既成，靓深闳丽，于王畿漕幕为称。堂后有隙地，同官相与种竹，仅百个，翠叶交加，秀色可餐。每朱墨余闲，启窗视之，心目开明，俗尘一洗。竹之有助于人如此。乃书白乐天《养竹记》于壁，庶几来者知所封植云。嘉定五年闰九月某日，新安某书。"不过嘉定五年无闰月，或为嘉定六年之误。

续此佳话，1995年，这篇《养竹记》由陕西师范大学霍松林教授题写，刻碑立于东亭旧址，石碑嵌入一面仿古的白墙之中，意在建构白居易题壁《养竹记》的佳话。白墙的后面，是一片郁郁葱葱的翠竹。在西安交通大学百年校庆之际，在教学主楼以东、东六舍以南的一块清幽之地，又重建了东亭，"东亭"牌匾由启功先生题写，环以茂林修竹，琉璃瓦墙。纪念亭的一侧，是雕塑家陈云岗创作完成的诗人白居易的全身立像，昔日的一代诗豪，中立不倚，节概凛然，昂首眺望远方，似乎在追溯大唐昔日的荣光。

庐山草堂记

匡庐奇秀，甲天下山。山北峰曰香炉[①]，峰北寺曰遗爱寺[②]。介峰寺间，其境胜绝，又甲庐山。元和十一年秋，太原人白乐天见而爱之，若远行客过故乡，恋恋不能去。因面峰腋寺，作为草堂。明年春，草堂成。

三间两柱，二室四牖。广袤丰杀，一称心力。洞北户，来阴风，防徂暑也。敞南甍，纳阳日，虞祁寒也。木斫而已，不加丹；墙圬而已，不加白。砌阶用石，幂窗用纸，竹帘纻帏，率称是焉。堂中设木榻四，素屏二，漆琴一张，儒道佛书各三两卷。乐天既来为主，仰观山，俯听泉，傍睨竹树云石，自辰及酉，应接不暇。俄而物诱气随，外适内和，一宿体宁，再宿心恬，三宿后颓然嗒然，不知其然而然。

自问其故，答曰：是居也，前有平地，轮广十丈；中有平台，半平地；台南有方池，倍平台。环池多山竹野卉，池中生白莲白鱼。又南抵石涧，夹涧有古松老杉，大仅十人围，高不知几百尺。修柯戛云，低枝拂潭，如幢竖，如盖张，如龙蛇走。松下多灌丛，萝茑叶蔓，骈织承翳，日月光不到地，盛夏风气，如八九月时。下铺白石，为出入道。堂北五步，据层崖积石，嵌空垤堄，杂木异草，盖覆其上。绿阴蒙蒙，朱实离离，不识其名，四时一色。又有飞泉，植茗就以烹燀③，好事者见，可以永日。堂东有瀑布，水悬三尺，泻阶隅，落石渠，昏晓如练色，夜中如环佩琴筑声。堂西倚北崖右趾，以剖竹架空，引崖上泉，脉分线悬，自檐注砌，累累如贯珠，霏微如雨露，滴沥飘洒，随风远去。其四傍耳目杖屦可及者，春有锦绣谷④花，夏有石门涧⑤云，秋有虎溪⑥月，冬有炉峰雪，阴晴显晦，昏旦含吐，千变万状，不可殚纪。觇缕⑦而言，故云甲庐山者。

噫！凡人丰一屋，华一簣⑧，而起居其间，尚不免有骄稳之态。今我为是物主，物至致知，各以类至，又安得不外适内和，体宁心恬哉？昔永、远、宗、雷辈十八人⑨，同入此山，老死不反。去我千载，我知其心以是哉！矧予自思，从幼迨老，若白屋，若朱门，凡所止，虽一日二日，辄覆篑土为台，聚拳石为山，环斗水为池，其喜山水，病癖如此。一旦塞剥⑩，来佐江郡，郡守以优容而抚我，庐山以灵胜待我，是天与我时，地与我所，卒获所好，又何以求焉？尚以冗员所羁，余累未尽，或往或来，未遑宁处。待予异时，弟妹婚嫁毕，司马岁秩满[11]，出处行止，得以自遂，则必左手引妻子，右手抱琴书，终老于斯，以成就我平生之志。清泉白石，实闻此言。

时三月二十七日，始居新堂。四月九日，与河南元集虚、范阳张允中、南阳张深之、东西二林寺长老凑、朗、满、晦、坚等，凡二十有二人，具斋施茶果以落之，因为《草堂记》。

【注释】

①山北峰曰香炉：《太平寰宇记》卷一百十一《江州》："香炉峰在（庐）山西北，其峰尖圆，云烟聚散如博山香炉之状。"宋陈舜俞《庐山记》卷二："次香炉峰。此峰山南山北皆有，真形圆耸，常出云气，故名以象形。李白诗云：'日照香炉生紫烟，遥看瀑布挂长川。'即谓在山南者也。孟浩然诗云：'挂席数千里，好山都未逢。舣舟寻阳郭，始见香炉峰。'即此峰也。东林寺正在其下。"

②遗爱寺：白居易《祭匡山文》云："维元和十二年岁次丁酉，二月辛酉朔，二十一日，将仕郎、守江州司马白居易谨以清酌之奠，敢昭告于匡山神之灵：恭惟神道，正直聪明，扶持匡庐，福利动植。居易赋命蹇薄，

与时参差，愿于灵山，栖止陋质。遗爱寺侧，既置草堂。欲居其中，参禅养素。"

③燀（chǎn）：炊，烧火煮。

④锦绣谷：宋陈舜俞《庐山记》卷二："（锦绣）谷中奇花异卉，不可殚述。三四月间，红紫匝地，如被锦绣，故以为名。"

⑤石门涧：《太平寰宇记》卷一百十一《江州》："石门涧在（庐）山西，悬崖对耸，形如阙，当双石之间，悬流数丈，有一石可坐二十许人。"

⑥虎溪：陈舜俞《庐山记》卷二："流泉匝（东林）寺下，入虎溪，昔远师送客过此，虎辄号鸣，故名焉。"范成大《吴船录》卷下："虎溪涓涓一沟，不能五尺阔。远师送客，乃独不肯过此，过则林虎又为号鸣焉。"

⑦觊（luó）缕：指详述事物的原委。

⑧箦（zé）：竹编床席。

⑨永、远、宗、雷辈十八人：白居易《代书》："庐山自陶、谢洎十八贤已还，儒风绵绵，相续不绝。"《庐山记》卷二："远公与慧永、慧持、昙顺、昙恒、竺道生、慧叡、道敬、道昺、昙诜，白衣张野、宗炳、刘遗民、张诠、周续之、雷次宗，梵僧佛驮耶舍十八人者，同修净土之法，因号白莲社十八贤，有传附篇末。"

⑩蹇剥：指时运或命运不济。《易·剥卦》："剥，不

利有攸往。"《易·蹇》:"蹇,难也。险在前也,见险而能止,知矣哉!"

⑪岁秩:做官的任期。唐朝地方官一般是三年一任。

【赏读】

本文作于元和十二年(817)四月九日,白居易时任江州司马。文章叙写草堂前景物,井然有序,历历如画。开端述营建草堂的缘起,乃是爱其环境"甲庐山"。接着写草堂的结构与陈设简朴素雅,描绘草堂周围的景物美好多姿,证实"甲庐山"。末段,以居草堂身心安适起,表达平生对山水的爱好,希望尽早退隐于此以终老。全篇叙事简洁,写景生动,抒情自然,文笔清丽流畅,堪称记体散文佳作。

杜子美居浣花溪,有草堂;白乐天居庐山,亦营构草堂。庐山乐天草堂,盖成都杜甫草堂之遗意也。元人姚勉已有见于此,其《草堂记》云:"草堂同矣,诗异乎?虽然,不徒诗也,子美一饭亦君,乐天讽谏诸篇,可《国风》比,诗云乎哉!二公古矣,二堂墟矣。名至今重天下,诗云乎哉!必有由致矣。"

关于庐山乐天草堂,宋人陈舜俞《庐山记》卷二载:"白公草堂在寺(东林寺)之东北隅,……后与遗爱寺并废。久之,好事者慕公风迹,以东林寺北蓝桥之外作堂焉。五代衰乱，复为兵火野烧之所毁。至道中，郡守孙考功追构之，然皆非元和故基也。"清人毛德琦《庐山志》卷十三载："紫云庵侧有郑弘宪草堂、白乐天草堂。"

明代谭元春有《同李太虚师游遗爱寺寻草堂遗址诗》，云："日问草堂者，不识草堂地。柯亦未忧云，瀑亦未泻砌。蒙茸翳片石，兼惑台沼位。茗山僧所家，指此界峰寺。堂之即香山，河用发虚喟。茆茨贵眼见，来路竹光翠。"

清代九江太守方体，曾在庐山钵盂峰下建天池草堂，草堂门内有大石壁，壁上勒有这篇《草堂记》。清代诗人汤贻汾撰有《天池草堂》，诗云："白傅难重遇，诛茅喜见君。到门先拜石（自注：门内有大石壁，勒《草堂记》其上），入室但携云。种树早千尺，磨崖得八分。抽簪知有日，鹤唤正斜曛。"

清代钱泰吉有《为蒋寅昉书扇题跋十则》，其一云："乡居两月，容膝易安，不敢作广厦想，偶检香山居士香炉峰下《草堂记》，为寅昉节录二百字，近地数百里，未尝无此销夏之所，而能体宁心恬如香山者，几人哉！松杉丛灌，何地无之，不必草堂也。……"

凡此，皆白居易庐山草堂之后世遗响。

冷泉亭记

　　东南山水，余杭郡为最；就郡言，灵隐寺为尤；由寺观，冷泉亭为甲[①]亭在山下水中央，寺西南隅。高不倍寻，广不累丈，而撮奇得要，地搜胜概，物无遁形。春之日，吾爱其草熏熏，木欣欣，可以导和纳粹，畅人血气。夏之夜，吾爱其泉淳淳，风泠泠，可以蠲烦析酲[②]，起人心情。山树为盖，岩石为屏，云从栋生，水与阶平。[③]坐而玩之者，可濯足于床下；卧而狎之者，可垂钓于枕上。矧[④]又潺湲洁澈，粹冷柔滑，若俗士，若道人，眼耳之尘，心舌之垢，不待盥涤，见辄除去。潜利阴益，可胜言哉？斯所以最余杭而甲灵隐也。[⑤]

　　杭自郡城抵四封，丛山复湖，易为形胜。先是领郡者，有相里君造作虚白亭，有韩仆射皋作候仙亭[⑥]，有裴庶子棠棣作观风亭[⑦]，有卢给事元辅作见山亭[⑧]，及右司郎中河南元藇最后作此亭[⑨]。于是五亭相望，如指之列，可谓佳境殚矣，能事毕矣。后来者虽有敏心巧目，无所加焉。故吾继之，述而不作。⑩

长庆三年八月十三日记。

【注释】

①"东南山水"六句：这种写法，后人效之者颇多。如邓牧《冲天观记》云："两浙山水之胜，最东南；由浙江西，杭最；由杭西，余杭最。逆天目大溪，上有十八里曰洞霄宫者，是为大涤洞天，又余杭最胜处也。"史鉴《韬光纪幽》记云："环西湖之山凡三面，西山为最佳；据西山之佳，惟四寺，灵隐为最胜；领灵隐之胜，有五亭，韬光为最幽。"灵隐寺，《咸淳临安志》卷八十："（景德灵隐寺）在武林山东，晋咸和元年梵僧慧理建。旧名灵隐，景德四年改景德灵隐禅寺。"王符曾《古文小品咀华》评云："出冷泉亭，如剥蕉心。"

②蠲（juān）烦析酲（chéng）：免除烦恼，消解酒后的疲惫。蠲，除去，免除。

③"山树"四句：王符曾《古文小品咀华》评云："绝妙好辞。作者其有赋心乎？"

④矧（shěn）：况且。

⑤"斯所以"句：王符曾《古文小品咀华》评云："一语挽前，健峭可喜。"

⑥韩仆射皋作候仙亭：《咸淳临安志》卷二三："候

仙亭，守韩仆射皋建，久废。"查慎行《白香山诗评》：
"候仙亭在灵隐寺前。"

⑦裴庶子棠棣作观风亭：《咸淳临安志》："裴棠棣，
河东闻喜人。兵部郎中，作观风亭。"

⑧卢给事元辅作见山亭：《咸淳临安志》："卢元辅，
自河南县令除杭州刺史，白集有制词。尝于武林山作见
山亭。"

⑨右司郎中河南元藇：《元和姓纂》："荆州刺史元钦
之孙藇，河南洛阳县人。"元稹有《元藇杭州刺史等制》。
劳格《杭州刺史考》考元藇除杭州刺史在元和十五年。

⑩"故吾"二句：王符曾《古文小品咀华》评云：
"老气无敌。"

【赏读】

本文作于长庆三年（823）八月十三日，白居易时任
杭州刺史。冷泉亭，在杭州飞来峰下，《咸淳临安志》
载："（冷泉亭）在飞来峰下，唐刺史河南元藇建，刺史
白居易记，刻石亭上。政和中，僧慧云又于前作小亭，
郡守毛友命去之。"

这篇《冷泉亭记》写得笔力滋润，风神俊爽，情景
交融，韵味深长。文章开头从东南山水写起，而后引向
余杭，从余杭写到灵隐，从灵隐再到冷泉亭。用的是从

大背景、大环境逐渐把镜头推近的手法。交代亭的地理位置、背景特征，以及冷泉亭在这个背景中所占的地位，并突出了文章重点。这样由大到小、由远而近、由面及点地一路写来，好处有二：一是可以使读者居高临下、鸟瞰全景，把文章所要描写的对象的准确位置看得清楚。二是周围的风光、景色，对所写的主要对象可以起到众星拱月般的烘托作用。

陈天定《古今小品》评此文："惟松故朗，惟脆故爽。"王符曾《古文小品咀华》对此文评价云："记'冷泉亭'，夏月读之四坐风生，真造五凤楼手。文章无寄托者，大不易作。此文一无寄托，而波澜老成，经营匠心，洵称毫无遗憾。似此才情，不知何以列于八家之外？"

后代诗人咏写冷泉亭者，都难以回避白居易的《冷泉亭记》。宋人董嗣杲有《冷泉亭》诗，序云："在飞来峰下，唐右司元奥建，刺史白居易撰记。"诗云："小朵峰前玉镜寒，几回倚杖听潺湲。箕公饮涧非凡水，慧理呼猿是此山。亭角静依金刹古，树身凉卧石阑闲。无因可洗人间热，时御清风照影还。"明人陈贽《和韵》诗云："一勺尝来冰齿寒，亭前终日响潺湲。灵源泻出穿西涧，别派分来绕北山。饮水黄猿携子至，窥鱼白鹭比僧闲。诗翁欲试先春味，碧瓮呼童远汲还。"明末复社诗人方文亦有《冷泉亭》诗云："天竺下山路，皆从灵隐过。

此亭临涧壑，之子任婆娑。松桧夏偏密，樵苏晚更多。当年白少傅，高咏意如何。"清朝才女王慧有《冷泉亭》诗云："泉声檐槛外，林壑杳然深。人世热何处，我来清到心。松林藏日色，潭底卧峰阴。一自乐天记，山光寒至今。"清道光间沈丹槐《冷泉亭》诗云："清兴健篮舆，游迹随蜡屐。一往寒烟生，其上列松柏。空山落叶深，没尽青芝迹。云是冷泉亭，清泉流白石。泠泠绿玉寒，蔼蔼苍烟积。碎作琉璃声，泻落石罅窄。画屏青巉巉，倒影浸石壁。缅怀香山翁，登临忆畴昔。游者信如斯，美人一水隔。濯罍盛冷云，扫叶烹玉液。坐久万虑捐，茶烟具空碧。"

清厉鹗《增修云林寺志》载："冷泉亭对联：'圆机风与溪相答，妙义人同石共谈。'"梁章钜《楹联丛话》载："西湖飞来峰，……峰下即冷泉亭，亭匾旧传为董香光所题。……惟董香光联云：'泉自几时冷起，峰从何处飞来。'彼教中机锋语也。又有书王右丞'泉声咽危石，日色冷青松'句者，亦雅切。至《七修类稿》中又载一联云：'飞峰一动不如一静，念佛求人不如求己。'则钝相矣。"宋代僧人如璧撰有《新广冷泉亭记》，感叹"逝者如流，日迁月谢"，前贤流风遗泽，固已云散梦扫，但冷泉与冷泉亭固自如也；盛衰得失相寻于无穷，后之视今，将犹今之视昔。

太湖石①记

古之达人，皆有所嗜。玄晏先生嗜书②，嵇中散嗜琴③，靖节先生嗜酒④，今丞相奇章公⑤嗜石。石无文无声，无臭无味，与三物不同，而公嗜之何也？众皆怪之，走⑥独知之。昔故友李生名约有云：苟适吾意，其用则多。⑦诚哉是言！适意而已。

公之所嗜，可知之矣。公以司徒保厘河洛，治家无珍产，奉身无长物。惟东城置一第，南郭营一墅。精葺宫宇，慎择宾客。道不苟合，居常寡徒。游息之时，与石为伍。石有族聚，太湖为甲，罗浮、天竺之徒次焉。今公之所嗜者甲也。

先是，公之僚吏多镇守江湖，知公之心，惟石是好。乃钩深致远，献瑰纳奇。四五年间，累累而至。公于此物，独不廉让。东第南墅，列而置之。富哉石乎，厥状非一。

有盘拗秀出，如灵丘鲜云者；有端俨挺立，如真官神人者。有缤润削成如珪瓒者，有廉棱锐刿如剑戟者。又有如虬如凤，若跧⑧若动；将翔将踊，如鬼如兽；若行若骤，将攫将斗者。风烈雨晦之夕，洞穴开颏，若欲云喷雷⑨，嶷嶷然有可望而畏之者。烟霁景丽之旦，岩崿霮霵⑩，若拂岚扑黛，霭霭然有可狎而玩之者。昏晓之交，名状不可。

撮要而言，则三山五岳，百洞千壑，傤缕簇缩，尽在其中。百仞一拳，千里一瞬，坐而得之。此所以为公适意之用也。常与公迫观熟察，相顾而言，岂造物者有意于其间乎？将胚浑凝结，偶然而成功乎？

然而自一成不变已来，不知几千万年。或委海隅，或沦湖底。高者仅数仞，重者殆千钧。一旦不鞭而来，无胫而至，争奇骋怪，为公眼中之物。公又待之如宾友，视之如贤哲，重之如宝玉，爱之如儿孙。不知精意有所召耶？将尤物有所归耶？孰不为而来耶？必有以也。

石有大小，其数四等，以甲乙丙丁品之。每品有上中下，各刻于石阴，曰：牛氏石甲之上，丙之中，乙之下。噫！是石也，千百载后散在天壤之内，转徙隐见，谁复知之？欲使将来与我同好者，睹斯石，览斯文，知公之嗜石之自。

会昌三年五月癸丑日记。

【注释】

①太湖石：中国古代著名的四大奇石之一，是一种玲珑剔透的观赏石头，因盛产于太湖而得名。

②玄晏先生嗜书：《晋书》载，皇甫谧自号为玄晏先生，耽玩典籍，忘寝与食，时人谓之"书淫"。

③嵇中散嗜琴：晋嵇康曾拜中散大夫。他弹琴咏诗，自足于怀，有《广陵散》传世。

④靖节先生嗜酒：晋陶渊明，梁昭明太子称曰靖节先生，性嗜酒，或置酒招之，造饮必尽，期在必醉。

⑤奇章公：即牛僧孺，唐朝穆宗、文宗时宰相，晚唐牛李党争中的牛党领袖。曾封奇章郡公。晚年定居洛阳，与白居易过从甚密，时有唱和。

⑥走：自称的谦辞，犹言仆。《史记·司马相如列传》"牛马走"注云："牛马之仆。"

⑦"昔故友"三句：李约，唐朝诗人，自号为"萧斋"，与白居易交好。李约《壁书飞白"萧"字赞》有句："不阙于世，在世为无用之物。苟适于意，于余则有用已多。"

⑧踡（quán）：古同"蜷"，蜷缩卷曲之意。

⑨欱（hē）云喷雷：吞吸云彩，喷吐雷电。欱，吞吸。喷，喷吐。

⑩霮䨴（dàn duì）：云密集的样子。

【赏读】

　　本文作于会昌三年（843）五月，时牛僧孺为东都留守，在洛阳归仁里治宅第，与白居易交好，有诗赠白居易曰："惟羡东都白居士，年年香积问禅师。"

　　牛僧孺嗜石，到洛阳后，就将其在淮南任上搜求的嘉木美石，安放在洛阳东城归仁里新宅的阶庭，又在城南修造别墅，广纳奇石。开成三年（838），牛僧孺收到苏州刺史李道枢从苏州所寄的太湖石，为此，他专门作诗赞曰："胚浑何时结，嵌空此日成。掀蹲龙虎斗，挟怪鬼神惊。带雨新水静，轻敲碎玉鸣。……似逢三益友，如对十年兄。旺兴添魔力，消烦破宿醒。媲人当绮皓，视秩即公卿。念此园林宝，还须别识精。诗仙有刘白，为汝数逢迎。"称太湖石为"园林宝"，还以石为友，拜石为兄。白居易奉和："错落复崔嵬，苍然玉一堆。峰骈仙掌出，罅坼剑门开。峭顶高危矣，盘根下壮哉。……共嗟无此分，虚管太湖来。"

　　太湖石，由于石在水中，"岁久为波涛冲击，皆成空石，面面玲珑"（明文震亨《长物志》）。白居易在《太湖石记》中这样解释牛僧孺钟爱太湖石的原因："撮要而言，则三山五岳，百洞千壑，觊缕簇缩，尽在其中。百

仞一拳，千里一瞬，坐而得之，此所以为公适意之用
也。"在牛僧孺眼中，太湖石是有灵气有生命的，蕴含着
鳞甲洞天，甚至是风雨雷鸣。在对太湖石的观照中，诗
人的心理由最初的悚然而逐渐变得平静适意，因而"似
逢三益友，如对十年兄"。太湖石的灵怪境界是经过波涛
长久冲击而成，对太湖石的赏爱，应该与老年牛僧孺历
尽宦海风波的人生经历有关。

　　白居易于太湖石亦有同好，其履道里宅园内即有太
湖石，除携石归洛外，他还在洛寄石、买石，甚至借石。
如会昌元年（841），白居易曾向杨汝士借太湖石："借君
片石意何如？置向庭中慰索居。每就玉山倾一酌，兴来
如对醉尚书。"白居易有两首题为《太湖石》的诗。一首
是大和元年（827）所作："烟翠三秋色，波涛万古痕。
削成青玉片，截断碧云根。风气通岩穴，苔文护洞门。三
峰具体小，应是华山孙。"另一首是大和三年（829）所
作，其中有句云："远望老嵯峨，近观怪嵚崟。才高八九
尺，势若千万寻。嵌空华阳洞，重叠匡山岑。邈矣仙掌迥，
岈然剑门深。形质冠今古，气色通晴阴。未秋已瑟瑟，欲
雨先沉沉。天姿信为异，时用非所任。磨刀不如砺，捣帛
不如砧。何乃主人意，重之如万金？岂伊造物者，独能知
我心。"

　　在园林之物中，石以其坚固的外在形式，给人以久

远的时间感和历史感。正如明人文震亨《长物志》所言："石令人古，水令人远。园林水石，最不可无。"透过太湖石"如虬如凤""如鬼如兽"的外形特点，不仅让人可以看到三山五岳、百洞千壑，更可感受到宇宙生命，尤其是岁月塑造万物的力量，体味到古今沧桑、宇宙生命的变幻。这种以园林之物色见宇宙天地的思维，就是白居易所说的"适意"，这是沟通唐宋两代士大夫文人以园林为隐居之地的重要心理依据。到了宋代，尽管洛阳大多园林被毁，草木零落，但园石犹存。牛僧孺因在石上刻字，其园林之石，依然可以被辨认。因此，苏轼《次韵和刘京兆石林亭之作》诗云："唐人惟奇章，好石古莫攀。尽令属牛氏，刻凿纷班班。"范成大《烟江叠嶂》诗序云："烟江叠嶂，太湖石也。鳞次重复，巧出天然。王晋卿尝画《烟江叠嶂图》，东坡作诗，今借以为名。此石里人方氏所藏故物，非近年以人功雕斫者比，尤可贵。"

玩物自来忌丧志，著书老去多抒情，苏轼、范成大二人，都是牛僧孺和白居易钟爱太湖石的后世知音。

江州司马厅记

自武德①已来，庶官以便宜②制事，大摄小，重侵轻。郡守之职，总于诸侯帅③；郡佐④之职，移于部从事。故自五大都督⑤府至于上中下郡，司马之事尽去，唯员与俸在。凡内外文武官左迁右移者，第居之。凡执役事上与给事于省寺军府者，遥署⑥之。凡仕久资高耄昏软弱不任事而时不忍弃者，实莅⑦之。莅之者，进不课⑧其能，退不殿⑨其不能，才不才一也。若有人畜器贮用，急于兼济者居之，虽一日不乐。若有人养志忘名，安于独善者处之，虽终身无闷。官不官，系乎时也。适不适，在乎人也。

江州，左匡庐，右江湖，土高气清，富有佳境。刺史，守土臣，不可远观游。群吏，执事官，不敢自暇佚。惟司马，绰绰可以从容于山水诗酒间。由是郡南楼⑩，山北楼、水滋亭⑪、百花亭⑫，风篁、石岩、瀑布、庐宫、源潭洞、东西二林寺⑬，泉石松雪，司马尽有之矣。苟有志于吏隐者，舍此官何求焉？案《唐典》，上州司马⑭，秩五品。岁廪数百石，月俸六七万。官足以庇身，食足以给家。州民康，非司马功；郡政坏，非司马罪。无言责，无事忧。噫！为国谋，则尸素⑮之尤蠹者；为身谋，则禄仕之优稳者。予佐是郡，行四年矣。其心休休如一日二日，何哉？识时知命而已，又安知后之司马不有与吾同志者乎？因书所得，以告来者。

时元和十三年七月八日记。

【注释】

①武德：唐高祖年号。《白居易集笺校》：“疑当作至德，盖以下所述之情事均发生于安史乱后也。”

②便（biàn）宜：方便、适宜。

③诸侯帅：平冈武夫《杜佑致仕制札记》谓当作“诸侯师”。《左传》昭公十二年：“寡君中此，为诸侯师。”

④郡佐：郡丞，郡守属吏的泛称。

⑤都督：地方军政长官。

⑥署：旧指代理或充任。

⑦莅（lì）：就职的意思。

⑧课：这里指考核。

⑨殿：评定。

⑩郡南楼：指郡中之南楼，即庾楼。白居易《初到江州》："浔阳欲到思无穷，庾亮楼南湓口东。"

⑪水湓亭：在湓水边。白居易《八月十五日夜湓亭望月》："今年八月十五夜，湓浦沙头水馆前。"

⑫百花亭：白居易有《百花亭》诗。《舆地纪胜》卷三十"江州"："百花亭在都统司，梁刺史邵陵王纶建。"

⑬东西二林寺：即东林寺、西林寺，也称兴国寺、乾明寺。《庐山记》卷二："由广泽下山，至太平兴国寺七里，寺前之水曰清溪，溪上有清溪亭。寺晋武帝太元九年置，旧名东林。""乾明寺在凝寂塔之西百余步，旧名西林，兴国中赐今额。晋惠永禅师之道场也。"

⑭上州司马：《唐六典》卷三十："上州：……司马一人，从五品下"，"尹、少尹、别驾、长史、司马掌贰府州之事，以纪纲众务，通判列曹，岁终则更入奏计"。

⑮尸素：即尸位素餐，意思是居位食禄而不尽职。

【赏读】

本文作于元和十三年（818），白居易时任江州司马。元和十年（815），有盗贼杀宰相武元衡，居易首上书，请亟捕贼，执政者恶其言事，奏贬江州刺史。中书舍人王涯上书，言居易所犯状迹不宜治郡，追贬江州司马。厅记，《封氏闻见记》卷五云："朝廷百司诸厅皆有壁记，叙官秩创置及迁授始末。原其作意，盖欲著前政履历而发将来健羡焉。故为记之体，贵其说事详雅，不为苟饰。"本文就是白居易在江州司马任上所作厅壁记。

　　白居易的厅壁记多为散体之作，亦有骈散兼行者，但无论骈散，皆用语平易，文意顺畅。本文作于被贬江州之后，此时白居易之心志已渐由兼济天下转向独善己身，记文在嬉笑怒骂中寄托着失意孤寂之思。首先叙述司马一职的创制，清楚详实地叙写官场之弊，用语不多，但却将事情交代得非常清楚，而"官不官，系乎时也。适不适，在乎人也"，以戏谑之笔，书写自己"养志忘名"、"安于独善"的心境。接着介绍江州的风土，基本上没走出当时厅壁记的套路。文章认为："刺史，守土臣，不可远观游。群吏，执事官，不敢自暇佚。惟司马，绰绰可以从容于山水诗酒间"，所有美景"司马尽有之矣"。文末则以一种游戏人生的笔法，颠覆厅壁记的创作传统。将厅壁记这种揄扬政绩、记述职官传统的正统官场之文，转变为戏谑讥讽的小品文，是该文一大贡献和特色。可见，同样一种文体，如果遇见不同的创作者，便会衍生出不同的文体命运与文体特色，这在客观上不断丰富和拓展着文体的演进。

　　白居易的《江州司马厅记》，后世亦有遗响——归有光《顺德府通判厅记》云："余尝读白乐天《江州司马厅记》，言自武德以来，庶官以便宜制事，皆非其初设官之制。自五大都督府至于上中下郡，司马之职尽去，惟员与俸在。余以隆庆二年秋，自吴兴改倅邢州。明年夏五月莅任，实司郡之马政。今马政无所为也，独承奉太仆寺上下文移而已。所谓司马之职尽去，真如乐天所云者。而乐天又言：江州左匡庐，右江湖，土高气清，富有佳境。守土臣不可观游，惟司马得从容山水间，以是为乐。而邢，古河内，在太行山麓。《禹贡》衡、漳、大陆，并其境内。太史公称，邯郸亦漳、河间一都会，其谣俗犹有赵之风。余夙欲览观其山川之美，而日闭门不出，则乐天所得以养志忘名者，余亦无以有之。然独爱乐天襟怀夷旷，能自适，观其所为诗，绝不类古迁谪者，有无聊不平之意。则所言江州之佳境，亦偶寓焉耳。虽微江州，其有不自得者哉？余自夏来，忽已秋中，颇能以书史自娱。顾衙内无精庐，治一土室，而户西向，寒风烈日，霖雨飞霜，无地可避。几榻亦不能具。月得俸黍米二石。余南人，不惯食黍米。然休休焉自谓识时知命，差不愧于乐天，因诵其语，以为《厅记》。使乐天有知，亦以谓千载之下，乃有此同志者也。"

许昌县令新厅壁记

民非政不乂①，政非官不举，官非署不立，是三者相为用。故古君子有虽一日必葺其墙屋者，以是哉！许昌县居梁、郑、陈、蔡间，要路由于斯。当建中、贞元之际，大军聚于斯，兵残其民，火焚其邑；大田生荆棘，官舍为煨烬。乘其弊而为政，作事者其难乎？

去年春，叔父②自徐州士曹掾选署厥邑令。于是约己以清白，纳人以简直③，立事以强毅。以清白，故官吏不敢侵于民；以简直，故狱讼不得留于庭；以强毅，故军镇不能干于县。

由是居二年，民用康，政用暇。乃曰：储蓄，邦之本，命先营困仓。又曰：公署，吏所宁，命次图厅事。取材于土物，取工于子来，取时于农隙。然后丰约量其力，广狭称其位，俭不至陋，壮不至骄，庇身无燥湿之忧，视事有朝夕之利。官由是而立，政由是而举，民由是而乂。建一物而三事成，其孰不韪④之哉？

　　呜呼！吾家世以清简垂为贻燕⑤之训，叔父奉而行之，不敢失坠。小子举而书之，亦无愧辞。若其官邑之省置，风物之有亡，田赋之上下，盖存乎图谍⑥，此略而不书。今但记斯厅之时制，与叔父作为之所由也。先是，邑居不修，屋壁无纪。前贤姓字，湮泯无闻。而今而后，请居厥位者编其年月名氏，自叔父始。

　　时贞元十九年冬十月一日记。

【注释】

　　①乂（yì）：治理，安定。

　　②叔父：白居易叔父季轸。白居易《故巩县令白府君事状》："公有子五人，长子讳季庚，襄州别驾，事具后状。次讳季般，徐州沛县令。次讳季轸，许州许昌县令。次讳季宁，河南府参军。次讳季平，乡贡进士。"

　　③简直：简朴质直。唐刘知几《史通·论赞》："王劭志在简直，言兼鄙野，苟得其理，遂忘其文。"

　　④𬀩（wěi）：善，美。

　　⑤贻燕：使后世子孙安乐。贻，遗留。燕，安乐。

　　⑥图谍：亦作"图牒"，指图籍表册。

【赏读】

　　本文作于贞元十九年（803）冬十月一日，许昌。这年秋天，时任秘书省校书郎的白居易，请假回洛阳，看望久别的母亲，接着到许昌探望时任许昌县令的叔父白季轸。在许昌停留期间，恰值县衙新厅修缮竣工。应叔父白季轸之命，白居易撰写了《许昌县令新厅壁记》。这篇壁记，文辞通达，言简意赅，记述修缮新厅的原委，颂扬了叔父在许昌的政绩、奋斗精神和白氏清简家风，千百年来一直被许昌人奉为名篇。

白季轸是贞元十八年（802）春到任许昌县令的。当时许州一带，因连年遭受吴少诚叛军骚扰，人民流离，田园荒芜，尤其是紧邻许州城的许昌县，受害更为严重。所以，这篇厅壁记突破叙写官员任职情况的成规，先说许昌地理位置的重要和它的战略地位，一开始就进入建中、贞元之际许昌县的社会现实："大军聚于斯，兵残其民，火焚其邑；大田生荆棘，官舍为煨烬"，将战争之后人民生活的困苦，给予真实而具体的描绘，并发出"乘其弊而为政，作事者其难乎"的感叹。兵荒马乱之后，出任许昌县令，履职之际所面临的困难之多之大，可以想见。

经过这样的铺垫，文章进入主题，讲述白季轸到许昌之后，"约己以清白，纳人以简直，立事以强毅"，颂扬新任县令廉洁奉公、任人唯贤、办事果断的高尚品德和奋斗精神，很快医治了战乱带来的创伤，使许昌出现

"民用康，政用暇"的太平景象，终于"官由是而立，政由是而举，民由是而乂"。在经济好转的基础上，白季轸"取财于土物，取工于子来，取时于农隙"，因陋就简地修缮了县衙，并开辟了新厅壁。

文章接着表述白家身世和情操："吾家世以清简垂为贻燕之训，叔父奉而行之，不敢失坠。小子举而书之，亦无愧辞。"其叔侄的高风亮节跃然纸上。

白蘋洲五亭记

　　湖州城东南二百步，抵霅溪[1]，连汀洲。洲一名白蘋，梁吴兴守柳恽[2]于此赋诗云："汀洲采白蘋。"因以为名也。前不知几千万年，后又数百载，有名无亭，鞠[3]为荒泽。

　　至大历十一年，颜鲁公真卿为刺史[4]，始剪榛导流，作八角亭以游息焉。旋属灾潦荐至[5]，沼堙台圮。后又数十载，委无隙地。

　　至开成三年，弘农杨君[6]为刺史，乃疏四渠，浚二池，树三园，构五亭。卉木荷竹，舟桥廊室，洎[7]游宴息宿之具，靡不备焉。观其架大溪、跨长汀者，谓之白蘋亭。介二园、阅百卉者，谓之集芳亭。面广池、目列岫者，谓之山光亭。玩晨曦者，谓之朝霞亭。狎清涟者，谓之碧波亭。五亭间开，万象迭入。向背俯仰，胜无遁形。

　　每至汀风春，溪月秋，花繁鸟啼之旦，莲开水香之夕，宾友集，歌吹作，舟棹徐动，觞咏半酣，飘然恍然。游者相顾，咸曰：此不知方外也，人间也。又不知蓬、瀛、昆、阆复何如哉？时予守官在洛，杨君缄书赉图，请予为记。

予按图握笔，心存目想，觇缕梗概，十不得其二三。大凡地有胜境，得人而后发。人有心匠，得物而后开。境心相遇，固有时耶？

盖是境也，实柳守滥觞之，颜公椎轮⑧之，杨君缋素⑨之。三贤始终，能事毕矣。杨君前牧舒，舒人治。今牧湖，湖人康。康之由，革弊兴利，若改茶法、变税书之类是也。利兴，故府有羡财。政成，故居多暇日。繇是以余力济高情，成胜概。三者旋相为用，岂偶然哉？

昔谢、柳为郡，乐山水，多高情，不闻善政。龚、黄为郡，忧黎庶，有善政，不闻胜概。兼而有者，其吾友杨君乎！君名汉公，字用乂。恐年祀久远，来者不知，故名而字之。

时开成四年十月十五日记。

【注释】

①霅（zhà）溪：又称霅川、霅水，在浙江湖州。"霅"是形容水流激越的声音。

②柳恽：柳恽《江南曲》："汀洲采白蘋，日落江南

春。洞庭有归客，潇湘逢故人。故人何不返，春华复应晚。不道新知乐，只言行路远。"《梁书·柳恽传》："柳恽，字文畅，河东解人也。……（天监）二年，出为吴兴太守。六年，征为散骑常侍。"

③鞠：皆，尽。

④颜鲁公：颜鲁公即颜真卿，唐代宗时封鲁郡公。《旧唐书·颜真卿传》："贬硖州别驾，抚州、湖州刺史。"

⑤荐至：连续到来。

⑥弘农杨君：即杨汉公。唐虢州弘农（今属河南灵宝）人。《新唐书·杨汉公传》："坐虞卿，下除舒州刺史，徙湖、亳、苏三州。"《嘉泰吴兴志》卷十四："杨汉公，开成三年三月二十日自舒州刺史拜。迁亳州刺史。"

⑦泊：以及。

⑧椎轮（chuí lún）：原指无辐无辋的原始车轮。这里比喻事物草创。

⑨缋（huì）素：指先有白色底子，然后施以五彩。后来用缋素指修饰、装饰。

【赏读】

本文作于开成四年（839），洛阳。

白蘋洲五亭，顾况《湖州刺史厅壁记》载："今使君词，唐景皇帝七代之孙，……政之余力，作消暑楼于南端，复亭署于白蘋洲。聿兴废土，光明敞豁，涌出溪谷。"又见《嘉泰吴兴志》载："白蘋亭在白蘋洲北，唐贞元中建，后刺史杨汉公重葺。"

本文之石刻，最早著录于《金石录》卷十："唐白蘋洲五亭记。白居易撰，马缵正书。开成四年十月。"据陆心源撰《吴兴金石记》，此石至清时已佚，引文乃据《白氏长庆集》补入。

《白蘋洲五亭记》是白居易应好友杨汉公要求所写。文中用"疏四渠，浚二池，树三园，构五亭"一组三字句排比，将杨汉公建造白蘋洲的过程精练清晰地呈现出来。其后又写道："利兴，故府有羡财；政成，故居多暇日。繇是以余力济高情，成胜概。"建造亭台并非是为了满足官员赏玩游乐，而是因为官府有余裕，官员在处理政务之暇有清闲的时候。文中又举几个例证来旁衬对比："昔谢、柳为郡，乐山水，多高情，不闻善政。龚、黄为郡，忧黎庶，有善政，不闻胜概。兼而有者，其吾友杨君乎！"谢灵运和柳恽只顾游山玩水，忽视政绩，而黄霸和龚遂却不喜山水之美，只顾埋头苦干，白居易认为这两类人都是有所欠缺的，唯有杨汉公两者兼而有之，政绩、游赏两不误。两相对比，五亭的修建实际上说明了杨汉公不仅治理有方，而且喜好山水，是一位性情中人。

这篇题记结构简洁，层次清晰，夹叙夹议，而叙中画景，议从景出，情景相生，情理交融，读来富于情致和理趣。尤其是就白蘋洲胜景的开发，说明只有"革弊兴利"，"有善政"，才能"有羡财"，可以"成胜概"。白居易这一见地，正确地揭示出经济发展和开发旅游资源的关系，至今仍具有借鉴意义。

吴郡诗石记

贞元初，韦应物^①为苏州牧，房孺复^②为杭州牧，皆豪人也。韦嗜诗，房嗜酒，每与宾友一醉一咏，其风流雅韵，多播于吴中，或目韦、房为诗酒仙，时予始年十四五^③，旅二郡，以幼贱不得与游宴，尤觉其才调高而郡守尊，以当时心，言异日苏、杭苟获一郡足矣。

及今自中书舍人间领二州，去年脱杭印，今年佩苏印，既醉于彼，又吟于此，酣歌狂什，亦往往在人口中，则苏、杭之风景，韦、房之诗酒，兼有之矣。岂始愿及此哉！然二郡之物状人情，与曩时不异，前后相去三十七年，江山是而齿发非，又可嗟矣！

韦在此州，歌诗甚多，有《郡宴》诗云：“兵卫森画戟，燕寝凝清香。”^④最为警策。今刻此篇于石，传贻将来，因以予旬宴一章^⑤，亦附于后，虽雅俗不类，各咏一时之志，偶书石背，且偿其初心焉。

宝历元年七月二十日，苏州刺史白居易题。

【注释】

①韦应物：唐代诗人，曾出任苏州刺史，人称"韦苏州"。

②房孺复：房琯之子，河南偃师（今属洛阳）人。劳格《杭州刺史考》考其刺杭在建中二年以后、贞元六年前。

③时予始年十四五：此盖含混言之。贞元四年（788）居易随父季庚官衢州，盖于其时经苏、杭，时年已十七。韦应物亦于此年出刺苏州，且与此文称"前后相去三十七年"相合。

④《郡宴》诗：即韦应物《郡斋雨中与诸文士燕集》诗："兵卫森画戟，燕寝凝清香。海上风雨至，逍遥池阁凉。烦疴近消散，嘉宾复满堂。自惭居处崇，未睹斯民康。理会是非遣，性达形迹忘。鲜肥属时禁，蔬果幸见尝。俯饮一杯酒，仰聆金玉章。神欢体自轻，意欲凌风翔。吴中盛文史，群彦今汪洋。方知大藩地，岂曰财赋强。"

⑤旬宴一章：即白居易《郡斋旬假命宴呈座客示郡寮》："公门日两衙，公假月三旬。衙用决簿领，旬以会亲宾。公多及私少，劳逸常不均。况为剧郡长，安得闲宴频。下车已二月，开筵始今晨。初黔军厨突，一拂郡

榻尘。既备献酬礼，亦具水陆珍。萍醅箬溪醑，水鲙松江鳞。侑食乐悬动，佐欢妓席陈。风流吴中客，佳丽江南人。歌节点随袂，舞香遗在茵。清奏凝未阕，酡颜气已春。众宾勿遽起，群寮且逡巡。无轻一日醉，用犒九日勤。微彼九日勤，何以治吾民？微此一日醉，何以乐吾身？"

【赏读】

此文作于宝历元年（825），白居易时任苏州刺史。

白居易这篇《吴郡诗石记》始羡郡守之尊，终服左司之句，让我们直观认识到一代诗人韦应物的文采风流和重要地位。韦应物，长安（今陕西西安）人。出于韦氏大族，十五岁起以三卫郎为玄宗近侍，出入宫闱，扈从游幸。后立志读书，先后为洛阳丞、京兆府功曹参军、左司郎中、苏州刺史等。贞元七年（791）退职。世称韦江州、韦左司或韦苏州。韦诗各体俱长，诗风恬淡高远，善写景和隐逸，七言歌行音调流美，"才丽之外，颇近兴讽"（白居易《与元九书》）。

韦应物五言诗最为人所推崇，南宋葛立方《韵语阳秋》云："韦应物诗平平处甚多，至于五字句则超然出于畦径之外，如《游溪》诗'野水烟鹤唳，楚天云雨空'，《南斋》诗'春水不生烟，荒岗筠翳石'，《咏声》诗

'万物自生听，太空常寂寥'，如此等句岂下于'兵卫森画戟，燕寝凝清香'哉！故白乐天云：'韦苏州五言诗高雅闲淡，自成一家之体。'东坡亦云：'乐天长短三千首，却爱韦郎五字诗。'"

此文后世尚有续话，明代邢侗有《韵乐天吴郡诗石语语云江山是而齿发非又可嗟矣》，诗云："房公饶酒德，韦守擅诗名。一醉还一咏，两州欣赏并。我乃递领取，诗成酒亦倾。江山助文藻，齿发悲平生。转忆少年事，言轸苏杭情。（弇州公谓白公至老不忘仕宦，余乃为暴露一斑云）"

钱唐湖石记

钱唐湖事，刺史要知者四条，具列如左：

钱唐湖一名上湖，周回三十里。北有石函[①]，南有笕[②]。凡放水溉田，每减一寸，可溉十五余顷。每一复时，可溉五十余顷。先须别选公勤军吏二人，一人立于田次，一人立于湖次。与本所由田户据顷亩，定日时，量尺寸，节限而放之。若岁旱，百姓请水，须令经州陈状，刺史自便押帖，所由即日与水。若待状入司，符下县，县帖乡，乡差所由，动经旬日，虽得水而旱田苗无所及也。大抵此州春多雨，夏秋多旱。若堤防如法，蓄泄及时，即濒湖千余顷田无凶年矣。（《州图经》云：湖水溉田五百余顷，谓系田也。今按水利所及，其公私田不啻千余顷也。）

自钱唐至盐官[③]界，应溉夹官河田，须放湖入河，从河入田。准盐铁使旧法，又须先量河水浅深，待溉田毕，却还本水尺寸。往往旱甚，即湖水不充。今年修筑湖堤[④]，高加数尺，水亦随加，即不啻足矣。脱或

不足，即更决临平湖⑤，添注官河，又有余矣。（虽非浇
田时，若官河干浅，但放湖水添注，可以立通舟船。）

　　俗云：决放湖水，不利钱唐县官。县官多假他词
以惑刺史，或云鱼龙无所托，或云菱菱失其利。且鱼
龙与生民之命孰急？菱菱与稻粱之利孰多？断可知矣。
又云放湖即郭内六井无水，亦妄也。且湖底高，井管
低，湖中又有泉数十眼，湖耗则泉涌，虽尽竭湖水，
而泉用有余。况前后放湖，终不至竭，而云井无水，
谬矣。其郭中六井，李泌相公典郡日所作，甚利于
人⑥。与湖相通，中有阴窦，往往堙塞，亦宜数察而通
理之。则虽大旱，而井水常足。湖中有无税田，约十
数顷。湖浅则田出，湖深则田没。田户多与所由计会，
盗泄湖水，以利私田。其石函、南笕并诸小笕闼，非
浇田时，并须封闭筑塞，数令巡检。小有漏泄，罪责
所由，即无盗泄之弊矣。又若霖雨三日已上，即往往
堤决。须所由巡守预为之防。其笕之南旧有缺岸，若
水暴涨，即于缺岸泄之。又不减，兼于石函、南笕泄
之，防堤溃也。（大约水去石函口一尺为限，过此须泄之。）

　　予在郡三年，仍岁逢旱。湖之利害，尽究其由。
恐来者要知，故书于石。欲读者易晓，故不文其言。
长庆四年三月十日，杭州刺史白居易记。

【注释】

①石函：即石函桥或石函闸，位于今望湖楼东、保俶路口。《咸淳临安志》："石函桥闸，在钱塘门外，湖涨则开此泄于下湖。"

②筟：指筟决湖。

③盐官：古县名。唐武德四年（621）并入钱塘县，贞观四年（630）复置，在钱塘县东。

④湖堤：即白公堤，位于旧时钱塘门外的石函桥附近，是白居易任杭州刺史时所筑，如今已经无迹可寻。

⑤临平湖：《元和郡县志》："临平湖，在（盐官）县西五十五里，溉田三百余顷。"《太平御览》卷六六引《吴地记》："临平湖，在临平山南。"

⑥"其郭中六井"三句：李泌，字长源，唐代京兆人。中唐著名政治家、学者。德宗建中二年（781）任杭州刺史，历时三年有余。李泌在杭任上修筑了饮水工程"六井"，六井分别为相国井、西井、方井、金牛井、白龟井、小方井。

【赏读】

本文作于长庆四年（824），杭州。钱唐湖，即杭州西湖。唐以前，西湖有很多名字，其一为"钱唐湖"，因处于钱唐县境而得名。到唐代，易"唐"为"塘"，称为钱塘湖。《咸淳临安志》载："（西湖）在郡西，旧名钱塘湖，源出武林泉，周回三十里。"

长庆二年（822），白居易出任杭州刺史。白居易来到杭州之前，西湖没有得到很好的治理，遇到干旱天气，湖水不够灌溉农田；每到下大雨，湖水又会泛滥。西湖不能尽到最大的效用，造成农用和民用的水源都发生问题。白居易到任以后，就把彻底治理西湖提到议事日程上，他亲自主持并完成了这一规模巨大的水利工程。在西湖东北岸一带筑成捍湖大堤，有效地蓄水泄洪，保证农田有水灌溉，人民有水喝，这个筑堤蓄水的工程在白居易离任前的两个月得以竣工。长庆四年（824）三月，白居易写了《钱唐湖石记》一文，刻成石碑，立在湖岸上，这篇碑记就成为关于西湖水利的重要历史文献。

此文详述如何治理西湖，如何科学合理地蓄水放水，如何在灾荒旱年放水溉田以利城乡百姓，甚至列举灾荒之年地方奸吏如何巧施种种借口阻挠放水的手段，谆谆告诫之后到杭州为官者，体现出作为一州之长勤政为民、造福百姓的精神。

文中所言"郭中六井，李泌相公典郡日所作"，浚治李泌六井也是白居易钱唐湖堤修筑工程的组成部分。苏轼《六井记》记载："唐宰相李公长源始作六井，引湖水以足民用。其后刺史白公乐天治湖浚井，刻石湖山，至于今赖之。"

本文是一篇实用文，语言平实，述说翔实，宋代孤山法师智圆《评钱唐郡碑文》曰："有客谓吾曰：钱唐郡，唐贤遗文多矣，其辞理雅拔者三焉：卢元辅《胥山碑铭》首之，元稹《石经记》次之，白居易《冷泉亭记》又其次也，余无取焉。吾谓白氏《石函记》不在三文下。夫文者明道之具，救时而作也。使乐天位居宰辅者，则能以正道相天子，惠及于苍生矣。见四海九州之利害，皆如西湖也；察邦伯牧长之情伪，皆如县官也；礼刑得中，民无失所，如湖水畜泄以时也。仁心仁政，尽在斯文矣。"《石函记》即《钱唐湖石记》。智圆不取时人所认可的三篇前贤遗文，而称赏白居易的《石函记》，原因在于"吾以道取，如以辞取，《石函》之文，甘居其下"。

沃洲山禅院记

　　沃洲山在剡县[①]南三十里，禅院在沃洲山之阳，天姥岑之阴。南对天台，而华顶[②]、赤城列焉。北对四明[③]，而金庭、石鼓[④]介焉。西北有支遁岭[⑤]，而养马坡、放鹤峰[⑥]次焉。东南有石桥溪，溪出天台石桥[⑦]，因名焉。其余卑岩小泉，如子孙之从父祖者，不可胜数。

　　东南山水越为首，剡为面，沃洲、天姥为眉目。夫有非常之境，然后有非常之人栖焉。晋、宋以来，兹山[⑧]洞开，厥初有罗汉僧西天竺人白道猷[⑨]居焉，次有高僧竺法潜、支道林居焉[⑩]。次又有乾、兴、渊、支、道、开、威、蕴、崇、实、光、识、斐、藏、济、度、逞、印，凡十八僧[⑪]居焉。高士名人有戴逵、王洽、刘恢、许玄度、殷融、郗超、孙绰、桓彦表、王敬仁、何次道、王文度、谢长霞、袁彦伯、王蒙、卫玠、谢万石、蔡叔子、王羲之，凡十八人[⑫]，或游焉，或止焉。故道猷诗云："连峰数千里，修林带平津。茅茨隐不见，鸡鸣知有人。"谢灵运诗云："暝投剡中宿，明登天姥岑。高高入云霓，还期安可寻?"[13]盖人与山相得于一时也。

自齐至唐，兹山寖荒。灵境寂寥，罕有人游。故词人朱放诗云："月在沃洲山上，人归剡县江边。"[14]刘长卿诗云："何人住沃洲?"[15]此皆爱而不到者也。大和二年春，有头陀僧白寂然[16]来游兹山，见道猷、支、竺遗迹，泉石尽在，依依然如归故乡，恋不能去。

时浙东廉使元相国[17]闻之，始为卜筑。次廉使陆中丞[18]知之，助其缮完。三年而禅院成，五年而佛事立。正殿若干间，斋堂若干间，僧舍若干间[19]。夏腊之僧，岁不下八九十。安居游观之外，日与寂然讨论心要，振起禅风。白黑之徒，附而化者甚众。

嗟乎！支、竺殁而佛声寝，灵山废而法不作。后数百岁而寂然继之，岂非时有待而化有缘耶？六年夏，寂然遣门徒僧常赞自剡抵洛，持书与图，诣从叔乐天乞为禅院记云。昔道猷肇开兹山，后寂然嗣兴兹山，今日乐天又垂文[20]兹[21]山。

异乎哉！沃洲山与白氏其世有缘乎?

【注释】

①剡县：《元和郡县图志》："剡县，望，西北至州一

百八十五里"，"天姥山，在县南八十里"，"天台山，在县北一十里。赤城山，在县北六里。实为东南之名山"。

②华顶：《方舆胜览》："华顶峰在天台县东北六十里，盖天台第八重最高处。"

③四明：《嘉泰会稽志》："（四明山）在（余姚）县南百余里。"

④金庭、石鼓：《嘉泰会稽志》："金庭洞天在嵊县南，天台、华顶之东门也"，"石鼓山在嵊县东五十里，有石鼓神祠。"

⑤支遁岭：《高僧传》卷四《支遁传》："俄又投迹剡山，于沃洲小岭立寺行道，僧众百余，常随禀学。"同卷《竺法潜传》："潜虽复从运东西，而素怀不乐，乃启还剡之仰山，遂其先志，于是逍遥林阜，以毕余年。支遁遣使求买仰山之侧沃洲小岭，欲为幽栖之处。潜答云：'欲来辄给。岂闻巢由买山而隐？'"

⑥养马坡、放鹤峰：《高僧传》卷四《支遁传》："既而收迹剡山，毕命林泽。人尝有遗遁马者，遁爱而养之。时或有讥之者，遁曰：'爱其神骏，聊复畜耳。'后有饷鹤者，遁谓鹤曰：'尔冲天之物，宁为耳目之玩乎？'遂放之。"《嘉泰会稽志》卷十"新昌县"："放马涧在县东三十二里，支道林放马之所。"

⑦天台石桥：徐灵府《天台山记》："自歇亭西行沿

涧一十五里，至石桥头，有小亭子。石桥色皆青，长七丈，南头阔七尺，北头阔二尺，龙形龟背，架万仞之上墅。有两涧合流，从桥下过，泄为瀑布，西流出剡县界。从下仰视，若晴虹之饮涧。"

⑧兹山：绍兴本等作"因山"，据金泽本改。

⑨白道猷：《高僧传》卷五《竺道壹传》："时若耶山有帛道猷者，本姓冯，山阴人，少以篇牍著称。性率素，好丘壑，一吟一咏，有濠上之风。与道壹经有讲筵之遇，后与壹书云：'始得优游山林之下，纵心孔释之书，触兴为诗，陵峰采药，服饵蠲疴，乐有余也。但不与足下同日，以此为恨耳。因有诗曰：连峰数千里，修林带平津。云过远山翳，风至梗荒榛。茅茨隐不见，鸡鸣知有人。闲步践其径，处处见遗薪。始知百代下，故有上皇民。'而壹得书既，有契心抱，乃东适耶溪，与道猷相会，定于林下。"

⑩竺法潜：《高僧传》卷四《竺法潜传》："竺潜，字法深，姓王，琅琊人，晋丞相武昌郡公敦之弟也。……乃启还剡之仰山，遂其先志。"支道林：《高僧传》卷四《支遁传》："支遁，字道林，本姓关氏，陈留人，或云河东林虑人。……俄又投迹剡山，于沃洲小岭立寺修道。"

⑪凡十八僧：十八僧名之中，"乾"疑当作"虔"，

"支"或为"友"之讹，"实"或为"宝"之讹，"印"或为"仰"之讹。《高僧传》卷四《竺法潜传》："时仰山复有竺法友，志业强正……竺法蕴，悟解入玄，尤善《放光波若》。康法识，亦有义学之功。……竺法济幼有才藻，作《高逸沙门传》。"《支遁传》："遁有同学法虔，精理入神，先遁亡。……时东土复有竺法仰者，慧解致闻，为王坦之所重。"又同卷《晋剡山于法兰传》："于法兰，高阳人。……又有竺法兴、支法渊、于法道与兰同时比德。"《晋剡白山于法开传》："于法开，不知何许人，事兰公为弟子。……开有弟子法威，清悟有枢辩。"《晋剡葛岘山竺法崇传》："竺法崇，未详何人。……后还剡之葛岘山。……时剡东仰山，复有释道宝者。本姓王，琅琊人，晋丞相道之弟。"《晋东莞竺僧度传》："竺僧度，姓王名晞，字玄宗，东莞人也。"又卷八《梁剡法华台释昙斐传》："释昙斐，本姓王，会稽剡人。……斐同县南岩寺有沙门法藏，亦以戒素见称。"卷十一《晋隐岳山帛僧光传》："帛僧光，或云昙光，未详何许人。少习禅业，晋永和初，游于江东，投剡之石城山。"以上十七人皆有出处，唯逞无考。

⑫凡十八人："殷融"疑当作"殷浩"，"谢长霞"即"谢长遐"，"蔡叔子"当作"蔡子叔"。《高僧传》卷四《支遁传》："王洽、刘恢、殷浩、许洵、郗超、孙绰、

桓彦表、王敬仁、何次道、王文度、谢长遐、袁彦伯等，并一代名流，皆著尘外之想。"所谓十八人盖即撮举《支遁传》所载与遁有关之名士，然诸人未必皆曾游剡，又卫玠不见载。

⑬"谢灵运诗云"及以下四句：谢灵运《登临海峤初发疆中作与从弟惠连可见羊何共和之》："攒念攻别心，旦发清溪阴。瞑投剡中宿，明登天姥岑。高高入云霓，还期那可寻。倪遇浮丘公，长绝子徽音。"

⑭"故词人朱放诗云"及以下二句：朱放，字长通，襄州人。其《剡山夜月》诗："月在沃洲山上，人归剡县溪边。漠漠黄花覆水，时时白鹭惊船。"

⑮"刘长卿诗云"及以下一句：刘长卿，字文房，河间人。其《秋夜肃公房喜普门上人自阳羡归至》诗："山栖久不见，林下偶同游。早晚来香积，何人住沃洲。寒禽惊后夜，古木带高秋。却入千峰去，孤云不可留。"

⑯白寂然：《宋高僧传》卷二十七《唐剡沃洲山禅院寂然传》："释寂然，姓白氏，不知何许人也。……大和二年，振锡观方，访天台胜境，到剡沃洲山者，……见是中景异，闻名士多居，如归故乡，恋而不能舍去。既行道化，盛集禅徒。浙东廉使元相国稹闻之，始为卜筑。次陆中丞临越知之，助其完葺。三年郁成大院，五年而佛事兴。然每为往来禅侣谈说心要，后终于山院。大和

七年，时白乐天在河南保厘为记，刘宾客禹锡书之。"

⑰元相国：即元稹，长庆三年（823）任浙东观察使。

⑱廉使陆中丞：即陆亘。《旧唐书·文宗纪》："（大和三年九月）戊戌，以前睦州刺史陆亘为越州刺史、浙东观察使，代元稹。"

⑲僧舍若干间：此下金泽本有"门庭井库庖浴之室若干间"十一字。

⑳垂文：留下文章。

㉑兹：这，这个，此。

【赏读】

本文作于大和六年（832），洛阳。唐文宗大和二年（828），头陀僧白寂然来游剡中沃洲山，见白道猷、支道林、竺道潜之遗迹泉石尽在，"如归故乡，恋不能去"，时任浙东廉使的元稹为他选址，后来廉使陆中丞（即越州刺史陆亘）帮助他缮完，在沃洲山麓建起了沃洲禅院。"三年而禅院成，五年而佛事立。"四方僧人、门徒和信众云集，一时禅风大振。白寂然就是白居易的堂侄，禅院建成后，白寂然派门徒带着关于禅院的资料与图样，从沃洲山来到洛阳，请白居易作一篇禅院记，以记其盛。白居易欣然命笔，这就是《沃洲山禅院记》。

关于沃洲山禅院，《嘉泰会稽志》载："沃洲真觉院，在新昌县东四十里。方新昌未为县时，在剡县南三十里。居沃洲之阳，天姥之阴。南对天台山之华顶、赤城，北对四明山之金庭、石鼓。西北有支遁养马坡、放鹤峰，东南有石桥溪。溪源出天台石桥，故以为名。晋白道猷、竺法潜、支道林、乾、兴、渊、支、道、开、威、蕴、崇、实、光、识、斐、藏、济、度、逞、印皆尝居焉。会昌废。大中（按：当作大和）二年，有头陀白寂然来游，恋恋不能去，廉使元微之始为卜筑。白乐天为作记，以为'东南山水，越为首，剡为面，沃洲、天姥为眉目'，其称之如此。旧名真封寺，不知其始。治平三年赐今额。"真觉寺即沃洲山禅院，此碑即真觉寺碑。《天下金石志·绍兴府》："唐真觉寺碑，白居易撰。"

《沃洲山禅院记》以"有非常之境，然后有非常之人栖焉"为主线，概括了"东南山水越为首，剡为面，沃洲、天姥为眉目"的特点，历数东晋以来白道猷、支道林等大德高僧和戴逵、王羲之等名人贤士，描绘"人与山相得于一时也"的盛况。文中引用白道猷的诗，描绘沃洲山的旖旎风光："连峰数千里，修林带平津。茅茨隐不见，鸡鸣知有人"，发出山由人而兴，"支、竺殁……而寂然继之，岂非时有待而化有缘耶"的感慨。

宋代吴处厚《游沃洲山真封院》序云："越山惟沃洲

最著，乐天之记详矣……"《游沃洲山真封院》诗云：
"幼年曾读乐天碑，及壮亦览高僧传。闻有沃洲风景佳，
脚未能到心空羡。近至新昌披县图，此山乃在吾厥圈。
想象时时挂梦魂，欲一游之念无便。夜来人报天姥雪，
今日趁晴初出县。……忆昔江左全盛时，十有八人皆俊
彦。或吟或啸或遨嬉，不觉回头唾缨弁。林泉耽味久成
癖，鱼鸟留连老忘倦。前有道猷后法潜，锡杖卓泉坚志
愿。晚则道林经构之，左右前后遂完缮。……惟余溪水
清汪湾，百匹秋光泻寒练。古今兴废尽如斯，欲去使人
还恋恋。"

　　南宋王梦龙有《僧文耸刻白乐天沃洲山记跋》云：
"石城以池涵佛窟之奇，而刘勰为之制碑；沃洲以列巘平
津之胜，而乐天为之作记。二刹为南明冠，不专在泉石，
而在二公之词章矣。"

修香山寺记

　　洛都四郊，山水之胜，龙门①首焉。龙门十寺②，观游之胜，香山③首焉。香山之坏久矣，楼亭骞崩，佛僧暴露。士君子惜之，予亦惜之。佛弟子耻之，予亦耻之。

　　顷予为庶子宾客分司东都时，性好闲游，灵迹胜概，靡不周览。每至兹寺，慨然有葺完之愿焉。迨今七八年，幸为山水主，是偿初心复始愿之秋也。似有缘会，果成就之。噫！予早与故元相国微之定交于生死之间，冥心于因果之际。

　　去年秋，微之将薨，以墓志文见托。既而元氏之老状其臧获、舆马、绫帛泊银鞍、玉带之物，价当六七十万，为谢文之贽，来致于予。予念平生分，文不当辞，贽不当纳。自秦抵洛，往返再三，讫不得已，回施兹寺。因请悲智僧清闲④主张之，命谨干⑤将仁⑥复掌治之。

　　始自寺前亭一所，登寺桥一所，连桥廊七间。次至石楼一所，连廊六间。次东佛龛大屋十一间。次南宾院堂一所，大小屋共七间。凡支坏、补缺、垒陁、覆漏、圬墁⑦之功必精，赭垩⑧之饰必良。虽一日必葺，越三月而就。譬如长者坏宅，郁为导师化城。于是龛像无燥湿昤泐⑨之危，寺僧有经行宴坐之安。游者得息肩，观者得寓目。阙塞之气色，龙潭之景象，香山之泉石，石楼之风月，与往来者耳目一时而新。士君子、佛弟子豁然如释憾刷耻之为者。

　　清闲上人与予及微之皆夙旧也，交情愿力，尽得知之。感往念来，欢且赞曰：凡此利益，皆名功德。而是功德，应归微之。必有以灭宿殃，荐冥福也。予应曰：呜呼！乘此功德，安知他劫不与微之结后缘于兹土乎？因此行愿，安知他生不与微之复同游于兹寺乎？言及于斯，涟而涕下。

　　唐大和六年八月一日，河南尹太原白居易记。

【注释】

　　①龙门：即伊阙。《史记·秦本纪》："左更白起攻韩、魏于伊阙。"正义："《括地志》云：伊阙在洛州南十九里。《注水经》云：昔大禹凿龙门以通水，两山相对，望之若阙，伊水历其间，故谓之伊阙。按，今洛南犹谓之龙门也。"

②龙门十寺：据乾隆《河南府志》，十寺为石窟、灵岩、乾元、广化、崇训、宝应、嘉善、天竺、奉先、香山，俱为后魏时建，至唐时，奉先、香山二寺最盛。

③香山：即香山寺，位于洛阳城南的香山。

④清闲：即清闲法师，神照弟子。白居易《赠僧五首》有《清闲上人》，小序曰："自蜀入洛，于长寿寺说法度人。"

⑤谨干：谨慎干练。

⑥仁：绍兴本等作"士"，据金泽本改。

⑦圬墁：指涂饰墙壁。

⑧赭垩（zhě è）：赤土和白土，古代用为建筑涂料。

⑨陊泐（duò lè）：指倒塌破碎。

【赏读】

本文作于大和六年（832），洛阳。乾隆《河南府志》卷十一引《名胜志》云："香山在洛阳南三十里，地产香葛，故名。有香山寺。"

香山寺始建于北魏熙平元年（516），后毁于战火。唐垂拱三年（687），印度高僧婆诃罗葬于此，为安置其遗身重建了佛寺。天授元年（690），武则天在洛阳称帝，后因梁王武三思奏请，武则天命重修该寺，并敕名香山寺。当时的香山寺雄伟壮观，是盛极一时的皇家寺庙。

安史之乱后，香山寺年久失修，渐趋衰败。大和三年（829）春，白居易到洛阳任职，闲暇时常在伊阙山水间流连，看到香山寺萧条破败，乃"慨然有葺完之愿"，因财力所限，未能如愿。两年后，元稹去世，白居易为其撰写墓志铭，得酬金六七十万钱，乃悉数捐出，重修香山寺，并请清闲上人主持复修，工毕，撰《修香山寺记》以纪其事。

清康熙四十八年（1709）汪士铉书《白少傅修香山寺记》，为行书碑刻，石在河南洛阳龙门，其跋云："都谏汤公先生视学中州，廉明公正，冠于天下，暇日重兴香山寺，为堂三楹，既成而落之，余适西行过此，获登斯堂……遂为书之。"都谏汤公，即河南学政汤右曾。今洛阳白园白居易墓前"唐少傅白公墓"之碑刻，亦汪士铉所题，汪士铉又有《重修香山寺记》，汤右曾病其烦冗，又自撰一篇，汪士铉在写给沈宗敬的信中说，非汤先生通灵之笔，"不足与兰亭、辋川并传也"。

香山寺白氏洛中集记

《白氏洛中集》者，乐天在洛所著书也。大和三年春，乐天始以太子宾客分司东都，及兹十有二年矣。[①]其间赋格律诗凡八百首，合为十卷，今纳于龙门香山寺经藏堂。夫以狂简斐然之文[②]，而归依支提法宝藏者，于意云何？我有本愿，愿以今生世俗文字之业，狂言绮语之过，转为将来世世赞佛乘之因，转法轮之缘也，十方三世诸佛应知。

噫！经堂未灭，记石未泯之间，乘此愿力，安知我他生不复游是寺，复睹斯文，得宿命通，省今日事，如智大师记灵山于前会[③]，羊叔子识金镮于后身者欤[④]？於戏！垂老之年，绝笔于此，有知我者，亦无隐焉。

大唐开成五年十一月二日，中大夫守太子少傅冯翊县开国侯上柱国赐紫金鱼袋白居易乐天记。

【注释】

①"大和三年春"三句：即大和三年（829）春，白居易以太子宾客分司东都，至开成五年（840）冬，共计十有二年。

②狂简：志向高远而处事疏阔。《论语·公冶长》："吾党之小子狂简，斐然成章，不知所以裁之。"朱熹集注："狂简，志大而略于事也。"斐然：穿凿妄作貌。《魏书·元深传》："顷恒州之人，乞臣为刺史，徽乃斐然言不可测。"

③"如智大师"句：智大师，即智顗，南朝陈至隋初高僧。《续高僧传》卷十七《智顗传》："又诣光州大苏山慧思禅师，受业心观。……思每叹曰：'昔在灵山，同听《法华》，宿缘所追，今复来矣。'即示普贤道场，为说四安乐行。顗乃于此山行《法华》三昧，始经三夕，诵至《药王品》'心缘苦行，至是真精进'句，解悟便发，见共思师处灵鹫山七宝净土，听佛说法。故思云：'非尔弗感，非我莫识。此《法华》三昧前方便也。'"

④"羊叔子"句：羊叔子，即羊祜。《晋书·羊祜传》："祜年五岁，时令乳母取所弄金环。乳母曰：'汝先无此物。'祜即诣邻人李氏东垣桑树中探得之。主人惊曰：'此吾亡儿所失物也。云何持去？'乳母具言之，李

氏悲恸。时人异之，谓李氏子则祜之前身也。"

【赏读】

本文作于开成五年（840）十一月二日，洛阳。白居易自称"香山居士"，并将洛阳香山作为终老之地，他一生与洛阳有密不可分的关系。白居易祖父白锽曾任洛阳县县尉，在洛阳置有房产，白居易年轻时曾多次在洛阳居住。大和三年（829）春，白居易回到洛阳以太子宾客分司东都，自此以后直到会昌六年（846）病逝，他晚年在洛阳生活了将近十八年。

白居易在洛阳期间创作了大量诗歌，并对这些诗歌进行了多次整理。大和八年（834），编洛中诗432首，作《序洛诗》曰："自（大和）三年春至八年夏，在洛凡五周岁，作诗四百三十二首。"开成五年（840），他将洛中诗增修为800首，编为《白氏洛中集》十卷，藏于龙门香山寺经藏堂内，并作《香山寺白氏洛中集记》。会昌五年（845），又修订编为《洛中游赏宴集》十卷。

本文就是白居易于开成五年（840）为《白氏洛中集》所作记，他在文中发愿"愿以今生世俗文字之业，狂言绮语之过，转为将来世世赞佛乘之因"，表达对佛事的虔诚和敬重。明人陈天定《古今小品》评价此文："本愿依佛，与他记同，末添后身一意，更凄恻。"

东林寺白氏文集记

昔余为江州司马时，常与庐山长老于东林寺经藏中披阅远大师①与诸文士唱和集卷，时诸长老请余文集亦置经藏，唯然心许他日致之，迨兹余二十年矣。

今余前后所著文大小合二千九百六十四首②，勒成六十卷，编次既毕，纳于藏中。且欲与二林③结他生之缘，复曩岁之志也，故自忘其鄙拙焉，仍请本寺长老及主藏僧，依远公文集例，不借外客，不出寺门，幸甚。

太和九年夏，太子宾客晋阳县开国男太原白居易乐天记。

【注释】

①远大师：即慧远大师，东晋时高僧，雁门郡楼烦（今山西宁武）人。慧远先在庐山建造龙泉精舍，后得江州刺史桓伊之助，筹建东林寺。在东林寺任住持30余年，成为净土宗的始祖。

②二千九百六十四首：元稹《白氏长庆集序》载五十卷本作品数为二千一百九十一首，据此记新增十卷，多出七百七十三首。

③二林：指庐山上的西林寺和东林寺。

【赏读】

本文作于大和九年（835），洛阳。白居易在长庆四年（824）首编文集，名《白氏长庆集》，计五十卷，见元稹《白氏长庆集序》。此次所编文集，名《白氏文集》，共六十卷。

东林寺，陈舜俞《庐山记》卷二载："由广泽下山至太平兴国寺七里。……寺，晋武帝太元九年置，旧名东林，唐会昌三年废，大中三年复。皇朝兴国二年赐今名。"

白居易被贬江州期间，因其住处地近庐山，便与东林寺及庐山僧众来往颇多，留下不少诗文。如元和十一年（816）春，有《春游二林寺》诗，表达他与佛家结缘之情怀："下马二林寺，偶然进轻策。朝为公府吏，暮是灵山客。二月匡庐北，冰雪始消释。阳丛抽茗芽，阴窦泄泉脉。熙熙风土暖，蔼蔼云岚积。散作万壑春，凝为一气碧。身闲易澹泊，官散无牵迫。缅彼十八人，古今同此适。是年淮寇起，处处兴兵革。智士劳思谋，戎臣苦征役。独有不才者，山中弄泉石。"同年又作《宿东林》诗："经窗灯焰短，僧炉火气深。索落庐山夜，风雪宿东林。"

　　白居易经常往来于东西二林，与东林寺智满禅师交往甚密，当时洪州禅兴盛，智满禅师"平常心是道"的要义，正契合白居易心境。洪州宗开创者马祖道一的弟子惟宽、智常、神凑、如满，很多与白居易都是亦师亦友。白居易离开九江之后，仍和东林寺长老保持着书信往来。长庆元年（821），白居易作《春忆二林寺旧游因寄朗满晦三上人》："一别东林三度春，每春常似忆情亲。"二十年后的大和九年（835），他把《白氏文集》送存庐山东林寺经藏中，并作《东林寺白氏文集记》，可见其与东林寺的深厚感情。

圣善寺白氏文集记

中大夫守太子少傅冯翊县开国侯上柱国赐紫金鱼袋太原白居易字乐天，与东都圣善寺钵塔院故长老如满大师①有斋戒之因，与今长老振大士②为香火之社。

乐天曰："吾老矣，将寻前好，且结后缘。"故以斯文置于是院。其集七帙六十五卷，凡三千二百五十五首，题为《白氏文集》，纳于律疏库楼。仍请不出院门，不借官客，有好事者，任就观之。

开成元年闰五月十二日，乐天记。

【注释】

①如满大师：即佛光如满禅师，会昌中尚在世。此文称"故长老"，说明此禅师已故，则并非如满禅师。"如满"当为"智如"之讹。智如禅师于开成元年（836）去世，白居易为其作《东都十律大德长圣善寺钵塔院主智如和尚茶毗幢记》。

②振大士：即智如禅师的弟子振公。智如去世后，

振公为圣善寺住持。

【赏读】

本文作于开成元年（836），洛阳。圣善寺，在洛阳章善坊。神龙元年（705）二月，立为中兴寺。二年，中宗为武太后追福，改为圣善寺。寺内报慈阁，是中宗为武后所立。

贞元十九年（803）秋八月，圣善寺大师凝公卒。越明年二月，白居易游洛阳，作《八渐偈》以吊之，序曰："初，居易尝求心要于师，师赐我八言焉……于兹三四年矣。"可知在贞元十六年左右，白居易曾向圣善寺凝公学佛，这也是白居易与圣善寺结缘的开始。开成元年（836），白居易在洛阳任太子少傅分司，为故于圣善寺的智如大师作《东都十律大德长圣善寺钵塔院主智如和尚茶毗幢记》。同年，白居易把诗文集存放于圣善寺律库楼。开成四年（839），白居易把新编辑的诗文集放入圣善寺钵塔院律库楼。会昌五年（845），白居易第三次将新编的诗文集放入钵塔院律库楼。

白居易好友李绅有《题白乐天文集》，序云："乐天藏书东都圣善寺，号《白氏文集》，绅作诗以美之。"诗云："寄玉莲花藏，缄珠贝叶扃。院闲容客读，讲倦许僧听。部列雕金榜，题存刻石铭。永添鸿宝集，莫杂小乘经。"以珠玉之珍，赞乐天诗文之美；以鸿宝之集，誉香山著述之贵。不仅与佛经同列，而且地位还非小乘杂经可比。这样到位的推重，出自当时任河南尹的李绅，果然不负所望——《白氏文集》成为目前唐代保存最完整的诗文集。而且预言落实，名不虚传——乐天已经与李杜齐名，在日本、新罗诸国，声望甚至还要更高。

明人陈天定《古今小品》评价此文："文情淡老。"

苏州南禅院白氏文集记

　　唐冯翊县开国侯太原白居易字乐天，有文集七帙，合六十七卷，凡三千四百八十七首。其间根源五常[①]，枝派六义[②]，恢王教而弘佛道者，多则多矣，然寓兴放言，缘情绮语者，亦往往有之。

　　乐天，佛弟子也，备闻圣教，深信因果，惧结来业，悟知前非，故其集家藏之外，别录三本，一本置于东都圣善寺钵塔院律库中，一本置于庐山东林寺经藏中，一本置于苏州南禅院千佛堂内。

　　夫惟悉索弊文，归依三藏者，其意云何？且有本愿，愿以今生世俗文字放言绮语之因，转为将来世世赞佛乘转法轮之缘也。三宝在上，实闻斯言。

　　开成四年二月二日，乐天记。

【注释】

　　①五常：指儒家的仁、义、礼、智、信。汉董仲舒《贤良策一》："夫仁、义、礼、智、信，五常之道，王者

所当修饬也。"

②六义：语出《诗·大序》："故诗有六义焉：一曰风，二曰赋，三曰比，四曰兴，五曰雅，六曰颂。"

【赏读】

本文作于开成四年（839），洛阳。

唐敬宗宝历元年（825），白居易出任苏州刺史，第二年九月因病罢官，在任约一年零四个月。在此期间，他"发心"修建苏州南禅院千佛堂转轮经藏，之后，便四处筹集修寺资金，直到离任后还在为此奔走。在他的积极推动下，修建工程于大和三年（829）秋开工，至开成元年（836）春竣工。苏州南禅院千佛堂转轮经藏落成后，远在东都洛阳的白居易撰《苏州南禅院千佛堂转轮经藏石记》记其事。三年后的开成四年（839），他把新编的《白氏文集》六十七卷送到苏州南禅院千佛堂收藏，并作《苏州南禅院白氏文集记》。

白居易非常注重对自己作品的整理和收藏。白居易能有今日之声名，除了诗歌水平高、数量多，他自己寿命长这些原因之外，与其善于收藏自己作品也颇有关系。为了完整妥善且久远地保存自己的著作，白居易周密安排，将著作抄写五部，分藏给家人和不同的寺院。去世前一年，他在《白氏集后记》中说："诗笔大小凡三千八

百四十首。集有五本，一本在庐山东林寺经藏院，一本
在苏州南禅寺经藏内，一本在东都胜善寺钵塔院律库楼，
一本付侄龟郎，一本付外孙谈阁童，各藏于家，传于后。
其日本、新罗诸国及两京人家传写者，不在此记。"用心
可谓良苦。

　　在本文中，他表达出对自己文集的愿望："愿以今生
世俗文字放言绮语之因，转为将来世世赞佛乘转法轮之
缘也。"明人陈天定《古今小品》评价此文："以文集作
佛事，亦得未曾有。"

画西方帧记

开成五年三月十五日。

我本师释迦如来[①]说，言从是西方过十万亿佛土，有世界号极乐，以无八苦四恶道故也。其国号净土，以无三毒五浊业故也。其佛号阿弥陀，以寿无量，愿无量，功德相好光明无量故也。谛观此娑婆世界，微尘众生，无贤愚，无贵贱，无幼艾[②]，有起心归佛者，举手合掌，必先向西方。怖厄苦恼者，开口发声，必先念阿弥陀佛。又范金合土，刻石织文，乃至印水聚沙，童子戏者，莫不率以阿弥陀佛为上首。不知其然而然。由是而观，是彼如来有大誓愿于此众生，此众生有大因缘于彼国土明矣。不然者，东南北方过去见在未来佛多矣，何独如是哉？

唐中大夫太子少傅上柱国冯翊县开国侯赐紫金鱼袋白居易，当衰暮之岁，中风痹之疾。乃舍俸钱三万，命工人杜宗敬按《阿弥陀》《无量寿》二经画西方世界一部，高九尺，广丈有三尺。阿弥陀佛坐中央，观音、势至二大士侍左右。天人瞻仰，眷属围绕。楼台妓乐，水树花鸟，七宝严饰，五彩彰施。烂烂煌煌，功德成就。

弟子居易焚香稽首跪于佛前，起慈悲心，发弘誓愿。愿此功德回施一切众生，一切众生有如我老者，如我病者，愿皆离苦得乐，断恶修善。不越南部，便睹西方。白毫大光，应念来感。青莲上品，随愿往生。从见在身，尽未来际，常得亲近而供养也。欲重宣此愿而偈赞云：

极乐世界清净土，无诸恶道及众苦。愿如老身病苦者，同生无量寿佛所。

【注释】

①释迦如来：即释迦牟尼，"如来"即从如实之道而来，开示真理的人，为释迦牟尼十种法号之一。《金刚经·威仪寂静分》："如来者，无所从来，亦无所去，故名如来。"

②幼艾：长幼。《楚辞·九歌》："竦长剑兮拥幼艾。"王逸注："幼，少也；艾，长也。"

【赏读】

本文作于开成五年（840），洛阳。

《画西方帧记》是白居易"当衰暮之岁，中风痹之疾"时所写的记事文，记述舍俸绘西方极乐世界图之事。文中祈愿以信仰弥勒之功德来摆脱苦痛、获得快乐，而画西方净土尊像，表达了对净土世界的向往之情。因此既是记事文，实际上也是祈愿文。

白居易接受佛教是开放的、多元的，他曾习南宗禅，与此门弟子多有往来。但他最初接受的也有北宗禅的内容，如《八渐偈·观偈》中所表达的"以心中眼，观心外相。从何而有，从何而丧。观之又观，则辨真妄"，说的正是北宗的渐修。白居易也听习华严学说，曾在杭州听灵隐寺道峰讲《华严经》，作有《华严经社石记》，并结交圭峰宗密，作有《赠草堂宗密上人》诗。白居易还宣扬律学，为抚州景云寺精于律学的上弘和尚写有石塔碑铭，晚年又结交宣讲律学的智如。白居易也信仰净土，在《重修香山寺毕题二十二韵以纪之》诗中写道："南祖心应学，西方社可投。先宜知止足，次要悟浮休。"

白居易在本文末尾写道："极乐世界清净土，无诸恶道及诸苦。愿如老身病苦者，同生无量寿佛所。"表明他信仰的是弥陀净土。但在《画弥勒上生帧记》中，又自称"稽首发愿，愿当来世，与一切众生，同弥勒上生，随慈氏下降，生生劫劫，与慈氏俱，永离生死流，终成无上道"，把弥勒净土作为信仰。

　　同时具有弥勒信仰和弥陀信仰，这一点看起来不可思议。因为弥勒净土在天上，弥陀净土在西方。那么，白居易在信仰上是怎样考虑的呢？从佛教宗派的视角来看，这的确不那么具有彻底性。但是，仔细地阅读本文就会发现，白居易讲"生生劫劫，与慈氏俱。永离生死流，终成无上道"，贯彻其生死的祈愿；他又说"离苦得乐，断恶修善，不越南部，便睹西方"，祈愿今生不离中国而睹西方。这就是说，白乐天祈愿今生能够摆脱苦难，获得幸福，而对于死后要去的地方，是在天上还是西方，他并不介意。这大概就是中国文人现世主义的思想方法。正因为如此，信仰弥勒也好，弥陀也好，还是其他什么也好，完全可以不分彼此，融会贯通，对白居易等中国文人来说，恐怕没有原则上的矛盾和冲突。

记画

　　张氏子①得天之和，心之术，积为行，发为艺。艺尤者其画欤？画无常工，以似为工；学无常师，以真为师。故其措一意，状一物，往往运思中与神会，仿佛焉若驱②和役灵于其间者。

　　时予在长安中，居甚闲，闻甚熟，乃请观于张。张为予尽出之，厥有山水、松石、云霓、鸟兽暨四夷、六畜、妓乐、华虫咸在焉。凡十余轴，无动植，无小大，皆曲尽其能。莫不向背无遗势，洪纤无遁形③。迫而视之，有似乎水中了然分其影者。然后知学在骨髓者，自心术得；工侔造化者，由天和④来。张但得于心，传于手，亦不自知其然而然也。至若笔精之英华，指趣之律度，予非画之流也，不可得而知之。今所得者，但觉其形真而圆，神和而全，炳然俨然，如出于图之前而已耳。

　　张始年二十余，致功甚近，予意其生知之。艺与年而长，则画必为希代⑤宝，人必为后学师。恐将来者失其传，故以年月名氏纪于图轴之末云。时贞元十九年，清河张敦简画。

六月十日，太原白居易记。

【注释】

①张氏子：即下文所云张敦简。

②驱：驱使，役使。

③遁形：绍兴本作"遁刑"，据他本改。

④天和：自然的和气。《庄子·知北游》："若正汝形，一汝视，天和将至。"《淮南子·俶真训》："含哺而游，鼓腹而熙，交被天和，食于地德。"高诱注："和，气也。"

⑤希代：即稀世，世所罕有，表示珍贵。

【赏读】

本文作于贞元十九年（803）六月十日，白居易时在长安任校书郎。文题又作《画记》。

文章盛赞张敦简精湛高超的绘画技艺，也融入了白居易自己对绘画的见解，反映出其"天之和"的自然美学观念与"心之术"的主客体融合的创作思想。

"画无常工，以似为工；学无常师，以真为师。故其措一意，状一物，往往运思中与神会，仿佛焉若驱和役灵于其间者", "无动植, 无小大, 皆曲尽其能。莫不向背无遗势, 洪纤无遁形。迫而视之, 有似乎水中了然分其影者", "但觉其形真而圆, 神和而全, 炳然俨然, 如出于图之前而已耳"。政和间董逌《广川画跋》云: "乐天言: '画无常工, 以似为工。'画之贵似, 岂其形似之贵邪? 要必期于所以似者贵也。"

　　虽然白居易提出的理论较为零散, 不成体系, 但比起以往只是单纯介绍画作的文章却显得更有深度。魏晋时期衡量一幅画作的艺术高低, 主要以形似为评判标准, 而白居易却认为绘画应以"似"和"真"为追求, 最高境界的绘画不能仅仅只满足于外在的形似, 而是要深入把握对象的内在特质和精神, 达到物我交融、形神兼备的境界, 实现从形似到神似的跨越。这不仅对中国传统绘画技艺的提高和画论的发展起到推动作用, 同时也是中国传统文艺思想上的一大重要转折。

记异

　　华州下邽县东南三十余里曰延年里，里西南有故兰若①，而无僧居。元和八年秋七月，予从祖兄曰暽②自华州来访予，途出于兰若前。及门，见妇女十许人，服黄绿衣③，少长杂坐，会语于佛屋，声闻于门。

　　兄热行方渴，将就憩，且求饮，望其从者萧士清未至。因下马，自縶缰于门柱。举首，忽不见。意其退藏于窗闼之间，从之，不见。又意其退藏于屋壁之后，从之，又不见。周视其四旁，则堵墙环然无隙缺。覆视其族谈④之所，则尘壤羃⑤然无足迹。繇是⑥知其非人，悸然大异之。不敢留，上马疾驱，来告予。予亦异之，因讯其所闻。

　　兄曰：云云甚多，不能殚记，大抵多云王胤老如此，观其辞意，若相与数其过者。厥所去予舍八九里，因同往访焉。果有王胤者年老，即其里人也。方徙居于兰若东百余步，葺墙屋，筑场艺树仅毕，明日而入。既入，不浃辰⑦而胤死，不越月而妻死，不逾时而胤之二子与二妇一孙死。余一子曰明进，大恐惧，不知所为。意新居不祥，乃撤屋拔树夜徙去，遂获全焉。

嘻！推而征之，则众君子谋于社以亡曹⑧，妇人来焚麇竺之室⑨，信不虚矣。明年秋，予与兄出游，因复至是。视胤之居，则井湮灶夷，阒然唯环墙在，里人无敢居者。异乎哉！若然者，命数耶？偶然耶？将所徙之居非吉土耶？抑王氏有隐慝⑩，鬼得谋而诛之耶？茫乎不识其由。且志于佛室之壁，以俟辨惑者。

九月七日，乐天云。

【注释】

①兰若（lán rě）：梵语音译"阿兰若"的省称，意为寂静无苦恼烦乱之处。后泛指寺庙。

②从祖兄曰皞：《白居易集笺校》："疑即白高九。"白居易《祭乌江十五兄文》："自居易与兄及高九、行简，虽从祖之昆弟，甚同气之天伦。"

③服黄绿衣：《太平广记》作"衣黄绫衣"。

④族谈：郭本作"簇谈"，马本作"聚谈"。

⑤幂（mì）：本义指覆盖东西的巾，后也指覆盖。

⑥繇（yóu）是：于是。繇，通"由"。

⑦浃（jiā）辰：古代以干支纪日，从子至亥十二天为一周，称"浃辰"。

⑧亡曹：《左传》哀公七年：“初，曹人或梦众君子立于社宫，而谋亡曹。曹叔振铎请待公孙强，许之。旦而求之曹，无之。戒其子曰：‘我死，尔闻公孙强为政，必去之。’及曹伯阳即位，好田弋。曹鄙人公孙强好弋，获白雁，献之，且言田弋之说。说之，因访政事，大说之。有宠，使为司城以听政。梦者之子乃行。强言霸说于曹伯，曹伯从之，乃背晋而奸宋。宋人伐之，晋人不救，筑五邑于其郊。”后以“曹社”为国家将亡的典故。

⑨“妇人”句：《搜神记》：“竺，字子仲。东海胊人也。祖世货殖，家赀巨万。尝从洛归，未至家数十里，见路次有一好新妇，从竺求寄载。行可二十余里，新妇谢去，谓竺曰：‘我，天使也。当往烧东海麋竺家。感君见载，故以相语。’竺因私请之。妇曰：‘不可得不烧。如此，君可快去，我当缓行，日中，必火发。’竺乃急行归，达家，便移出财物。日中而火大发。”

⑩隐慝（tè）：不可告人的罪恶。慝，奸邪，邪恶。

【赏读】

本文作于元和八年（813），下邽。文题“记异”，《太平广记》作“王裔老”，正文“胤老”亦作“裔老”。

《记异》是一篇比较另类的记文，从写作手法上看，这是一篇近于白描的记事之文，作者叙述了一件近乎离奇的神怪之事。第一部分叙述白居易从祖兄白皞白日见鬼，那一带的王氏一家相继离奇死去的诡异故事。情节离奇，刻画细致，且文采斐然。第二部分是就此事提出疑问和看法。《记异》的独特之处就在于第二部分发表的议论，如果没有这一部分，《记异》便与六朝志怪没有太大区别。六朝志怪一般就是叙述鬼怪之事，通常作者只叙记，而不加评论或疑问。白居易却于文中明确表达自己的质疑："异乎哉！若然者，命数耶？偶然耶？将所徙之居非吉土耶？抑王氏有隐慝，鬼得谋而诛之耶？茫乎不识其由。且志于佛室之壁，以俟辨惑者。"王氏一家离奇悲剧的发生，究竟是命运确实如此，还是偶然的巧合呢？是因为所居住的地方不吉利，还是王氏一家有什么隐藏的罪恶，所以鬼怪惩罚了他们呢？白居易发出一连串质疑。追问思考质疑的精神，在这种记体文里具有别样的意义。

　　放在白居易全部文章中，《记异》显得有点突兀，似乎不合大家所熟悉的白居易的作文之旨。但从创作背景而言，这篇文章的创作时间是元和八年，正是中唐传奇小说渐渐兴盛之际，文人墨客对新兴的传奇文体正表现出深厚的兴趣。元稹在此前曾作有《莺莺传》，还曾和白居易在长安新昌宅"说《一枝花》话"，白居易之弟白行简后来还写了著名的《李娃传》，皆与此有关。白居易的长诗《长恨歌》则引出陈鸿的《长恨歌传》，就连文风庄重严肃的韩愈，也写有《毛颖传》和《石鼎联句诗序》等类似作品。这些作品基本都出于虚构，接近唐人传奇小说。因此，白居易有此篇记文，也就不难理解了，这应该是他尝试写传奇而未果的一个侧证，而从另一角度来说，这篇《记异》也是唐传奇与唐古文的相互依托和影响的见证。

卷二　序体之文

家酝新熟，雨中独饮，往往酣醉。懒放之心，弥觉自得。咏陶渊明诗，适与意会。

池上篇并序

都城风土水木之胜在东南偏，东南之胜在履道里[①]，里之胜在西北隅，西闬北垣第一第，即白氏叟乐天退老之地。

地方十七亩，屋室三之一，水五之一，竹九之一，而岛树桥道间之。初，乐天既为主，喜且曰：虽有台池，无粟不能守也，乃作池东粟廪。又曰：虽有子弟，无书不能训也，乃作池北书库。又曰：虽有宾朋，无琴酒不能娱也，乃作池西琴亭，加石樽焉。

乐天罢杭州刺史时，得天竺石一、华亭鹤二以归，始作西平桥，开环池路。罢苏州刺史时，得太湖石、白莲、折腰菱、青板舫以归，又作中高桥，通三岛径。罢刑部侍郎时，有粟千斛，书一车，泊[②]臧获[③]之习管磬弦歌者指百以归。

先是颍川陈孝山[④]与酿法酒[⑤]，味甚佳。博陵崔晦叔[⑥]与琴，韵甚清。蜀客姜发授《秋思》[⑦]，声甚淡。弘农杨贞一[⑧]与青石三，方长平滑。可以坐卧。

大和三年夏，乐天始得请为太子宾客，分秩于洛下，息躬于池上。凡三任所得，四人所与，洎吾不才身，今率为池中物矣。

每至池风春，池月秋，水香莲开之旦，露清鹤唳之夕，拂杨石，举陈酒，援崔琴，弹姜《秋思》，颓然自适，不知其他。酒酣琴罢，又命乐童登中岛亭，合奏《霓裳散序》⑨。声随风飘，或凝或散，悠扬于竹烟波月之际者久之。曲未竟而乐天陶然已醉睡于石上矣。睡起偶咏，非诗非赋，阿龟⑩握笔，因题石间。视其粗成韵章，命为《池上篇》云尔。

十亩之宅，五亩之园。有水一池，有竹千竿。勿谓土狭，勿谓地偏。足以容膝，足以息肩。有堂有亭，有桥有船。有书有酒，有歌有弦。有叟在中，白须飘然。识分知足，外无求焉。如鸟择木，姑务巢安。如蛙居坎⑪，不知海宽。灵鹤怪石，紫菱白莲。皆吾所好，尽在我前。时引一杯，或吟一篇。妻孥熙熙，鸡犬闲闲。优哉游哉，吾将终老乎其间。

【注释】

①履道里：隋唐洛阳城里坊之一，亦称履道坊，始建于隋朝，位于隋唐洛阳城东南。唐长庆四年（824），白居易罢杭州刺史，改除太子左庶子分司东都，当年秋

至洛阳，购买了一处宅院，位于履道里。《旧唐书·白居易传》："（居易）于履道里，得故散骑常侍杨凭宅，竹木池馆，有林泉之致。"大和三年（829），白居易以刑部侍郎告病归洛阳，便长期住在履道坊宅园，直至去世。1992 至 1993 年，中国社会科学院考古研究所洛阳唐城队对洛阳市郊区安乐乡狮子桥村履道坊白居易故居进行了大规模考古发掘，发掘出宅院基址一处及伊水渠遗迹，并出土石刻经幢等。

②洎（jì）：这里是连词，意为和、与。

③臧获（zāng huò）：古代对奴婢的贱称。

④陈孝山：即陈岵。白居易《咏家酝十韵》："旧法依稀传自杜，新方要妙得于陈。"注："陈郎中岵传受此法。"陈岵长庆元年以膳部郎中与居易同为制策考官。

⑤法酒：按法定规格酿造的酒。白居易《六年春赠分司东都诸公》："法酒澹清浆，含桃裛红实。"

⑥崔晦叔：即崔玄亮，字晦叔。终官虢州刺史。白居易有《崔湖州赠红石琴荐焕如锦文无以答之以诗酬谢》："赪绵支绿绮，韵同相感深。千年古涧石，八月秋堂琴。引出山水思，助成金玉音，人间无可比，比我与君心。"

⑦《秋思》：《乐府诗集》卷五十九《蔡氏五弄》引《琴集》："五弄：《游春》《渌水》《幽居》《坐愁》《秋

思》，并宫调，蔡邕所作也。"白居易《和尝新酒》："醒余和未散，起坐澹无事。举臂一欠伸，引琴弹《秋思》。"

⑧杨贞一：即杨归厚。刘禹锡《管城新驿记》："大和二年闰三月，荥阳守归厚上言，……太守姓杨氏，字贞一，华阴弘农人。"

⑨《霓裳散序》：霓裳羽衣曲，唐开元时名曲。《新唐书·礼乐志十二》："河西节度使杨敬忠献《霓裳羽衣曲》十二遍，凡曲终必遽，唯《霓裳羽衣曲》将毕，引声益缓。"白居易《霓裳羽衣歌》："散序六奏未动衣，阳台宿云慵不飞。"注："散序六遍无拍，故不舞也。"

⑩阿龟：即龟儿。白居易之侄，白行简之子。

⑪如蛙居坎：《庄子·秋水》："子独不闻夫坎井之蛙乎？谓东海之鳖曰：'吾乐与！吾跳梁乎井干之上，入休乎缺甃之崖。……且夫擅一壑之水，而跨跱坎井之乐，此亦至矣，夫子奚不时来入观乎？'"后以"坎井之蛙"比喻见识短浅。坎井，指废井，浅井。

【赏读】

本文作于大和三年（829），洛阳。这一年的三月，白居易罢刑部侍郎，诏授太子宾客分司东都。四月初，他来到洛阳，居于履道坊私宅。这个宅院是他在长庆四年（824）从一位田姓人家手中买下的。《履道里第宅记》

载："坐向南方。于东五亩为宅，其宅西十二亩为园，方正共十七亩。园中花忻（开）最茂。有映日堂三间，有九老堂五间，有池水可泛舟。舟中有胡床，床前有广酒池。池中龟游鱼跃。池上有桥。道（旁）有蒲桃（葡萄）。岛（上）杨柳槐梧荫翳清凉。池东有粟廪，池北有书库，池西有琴亭，池南有（天）竺石两（峰），岸有华亭鹤一只。"

履道里宅院，方圆十七亩，屋室三之一，水五之一，竹九之一，其间还有岛，有树，有桥，有路。水香莲开之旦，露清鹤唳之夕，主人酒酣琴罢，吟风弄月，这样的居所，可谓古今无两。这篇小品将池上佳境，淡淡写来，疏淡点染而已，而欣然之意，已出言外。苏东坡云，白乐天"事事可及，唯风流一事不可及"。笔者以为，风流竹林七贤亦可及，唯此襟怀淡宕不易及也。"澄澜方丈若万顷，倒影咫尺如千寻。泛然独游邈然坐，坐念行心思今古"，这是《池上作》；"身闲当贵真天爵，官散无忧即地仙。林下水边无厌日，便堪终老岂论年"，这是《池上即事》；"水能性淡为吾友，竹解心虚即我师。何必悠悠人世上，劳心费目觅亲知"，这是《池上竹下作》。林林总总的池上诗作，构筑起乐天诗风的堂庑之境，置身池上，返归池北，由园林之境，回到精神空间。

白居易还有《府西池北新葺水斋即事招宾偶题十六

韵》，说的也是池上。新修水斋后，邀诗友来游，诗的结尾讲："读罢书仍展，棋终局未收。午茶能散睡，卯酒善销愁。檐雨晚初霁，窗风凉欲休。谁能伴老尹，时复一闲游？"书棋为伴，茶酒相随，风休雨霁，真无所不适。正所谓：十亩园，意自闲。池有泉，竹千竿。伴灵鹤，赏白莲。琴一张，书万卷。诗与酒，随遇安。歌与弦，欣欣然。己所好，在目前。陶然醉，静参禅。天地瞬，忘其年。香山老，白乐天。长庆集，池上篇。虽为宦，若游仙。

　　白居易的"池上"，引来后人追慕。北宋名相韩琦营造醉白堂，所醉之白即白乐天，苏东坡为之撰《醉白堂记》，称其"取乐天《池上》之诗，以为醉白堂之歌"。韩琦《醉白堂》诗云："鬓老新成池上堂，因忆乐天池上篇。乐天先识勇退早，凛凛万世清风传。古人中求尚难拟，自顾愚者孰可肩。但举当时池上物，愧今之有殊未全。……吾今谋退亦易足，池南大屋藏群编。一车岂若万籍富，子孙得以精覃研。……人生所适贵自适，斯适岂异白乐天？未能得谢已知此，得谢吾乐知谁先？"诗酒年华，覃研万籍，藏书池上，风流林下，如此自适的人生，悟尽识分知足者，深谙及早勇退者，足堪先乐，足堪先醉。韩琦的同乡许有壬，是元代历事七朝的权臣，他题乐天《池上篇》说："香山白公勇退于强健时，享闲居之乐者十八年，吾乡魏忠献韩公慕之作醉白堂。"

王世贞《题〈池上篇〉彭孔嘉、钱叔宝书画后》云："余少读《归去来辞》，虽已高其志，而窃难其事，以为非中人所能。后得白乐天《池上篇》览之，颇有合，谓此事不甚难办，此文不甚难构，而千百年少俪者，何也？苏长公云：'乐天事事可及，唯风流一事不可及。'余则云：'风流亦可及，唯晓进退不可及也。'"董其昌玄赏斋题《池上篇》之跋亦有相似意见："白香山《池上篇》其所谓'十亩之宅，五亩之园'，似亦人所易办，第识分知足为难耳。"《唐宋诗醇》云："'识分知足'四字是乐天一生得力处，真实受用在此，序中未及，诗中特为清出，可为奢汰逾分、营营无厌者，痛下针砭。"这里对白居易"识分知足"的意见，即承自董其昌。

这一篇序文，似乎纯写良辰美景，赏心乐事，通篇贯穿着陶然适意的闲情，但从序后之诗可见，内中隐有言外之意，《唐宋诗醇》评曰："淡淡写来，自见老洁。"

游大林寺序

余与河南元集虚①、范阳张允中、南阳张深之、广平宋郁、安定梁必复、范阳张特，东林寺沙门法演、智满、士坚、利辩、道深、道建、神照、云皋、息慈、寂然，凡十七人，自遗爱②草堂历东西二林，抵化城③，憩峰顶④，登香炉峰，宿大林寺。

大林穷远，人迹罕到。环寺多清流、苍石、短松、瘦竹，寺中唯板屋木器，其僧皆海东人。山高地深，时节绝晚。于时孟夏月，如正二月天。梨桃始华，涧草犹短。人物风候与平地聚落不同，初到恍然若别造一世界者。因口号绝句云："人间四月芳菲尽，山寺桃花始盛开。长恨春归无觅处，不知转入此中来。"

既而周览屋壁，见萧郎中存⑤、魏郎中弘简⑥、李补阙渤⑦三人姓名文句，因与集虚辈叹且曰：此地实匡庐间第一境。由驿路至山门，曾无半日程，自萧、魏、李游，迨今垂二十年，寂寥无继来者。嗟乎！名利之诱人也如此。

时元和十二年四月九日。乐天序。

【注释】

①河南元集虚：即行十八，也称元十八。贞元、元和间卜居庐山，结溪亭于五老峰下。与白居易交好。白居易有《题元十八溪亭》。

②遗爱：即遗爱寺，在庐山香炉峰下。

③化城：即上化城寺，在庐山讲经台北。晋代所建。《庐山志》载："讲经台北有上化城寺，寺有朗公岩。……上化城之西北有中化城寺。……中化城之西北有下化城寺。"

④峰顶：即峰顶院。陈舜俞《庐山记》载："过香炉峰，至峰顶院，院旁磐石极平广。下视空阔，无复障蔽。"

⑤萧郎中存：《新唐书·文艺传·萧颖士》："（萧颖士）子存，字伯诚，亮直有父风。……建中初，由殿中侍御史四迁比部郎中。张滂主财赋，辟存留务京师。裴延龄与滂不协，存疾其奸，去官，风痹卒。韩愈少为存所知，自袁州还，过存庐山故居，而诸子前死，唯一女在，为经赡其家。"

⑥魏郎中弘简：柳宗元《唐故尚书户部郎中魏府君墓志》："府君讳弘简，字曰裕之。……历桂管、江西、

福建、宣歙四府，为判官副使，……拜度支员外郎，转户部郎中，……年四十七，贞元二十年九月三十日，不疾而殁。"

⑦李补阙渤：《旧唐书·李渤传》："李渤字浚之，……不从科举，隐于嵩山，以读书业文为事。元和初，户部侍郎盐铁转运使李巽、谏议大夫韦况更荐之，以山人征为左拾遗。渤托疾不赴，遂家东都。……九年，以著作郎征之，……渤于是赴官。岁余，迁右补阙。"

【赏读】

本文作于元和十二年（817）四月九日，白居易时任江州司马。明人陈天定《古今小品》批点此文："一味萧骚，想老姥亦解得。"

白居易在元和十年（815）任太子左赞善大夫时，因直言谏事，被贬为江州司马。司马为闲职，白居易在闲暇中漫游庐山，写了好几篇记游诗文。本文是在元和十二年，白居易偕同庐山隐士元集虚等十七人游庐山大林寺时所写。

宋陈舜俞《庐山记》载："白公草堂在（东林）寺之东北隅。元和十年，公自太子赞善大夫以言事忤执政，出为州司马。明年作草堂于香炉峰北，遗爱寺南，往来游处焉。"

　　大林寺，分为上中下三寺。《清一统志》九江府："上大林寺在庐山大林峰南，晋建，元末毁，明宣德中重建。寺前有宝树二，曲干垂枝，圆旋如盖。又中大林寺在庐山锦涧桥北。下大林寺在桥西。"白居易所游，乃上大林寺。明代金之俊《金华游记序》云："金子曰：士非近乎道者，未可与语游也。尝读白乐天《游大林寺》序云：'此地实匡庐第一境，由驿路至山门，曾无半日程，自萧、魏、李游迨今，垂二十年，寂寥无继来者。嗟乎！名利之诱人也如此。'以是知名胜之在天地间，如清风明月，处处有之，人人得而有之，而苟非近道之人，则将终其身纠缠胶结于名场利窟，靡他志亦靡暇晷，能有天地间之所，不禁人有者，胡可得耶？此鲁论以乐山乐水，独归之仁知，良有以也。"

　　清查慎行有诗云："指点仙家手自栽，桃花却傍杏林开。眼前一笑真成幻，公是身游我梦来。"可谓白居易《游大林寺序》一文之遗响。

三游洞①序

平淮西之明年冬②，予自江州司马授忠州刺史③，微之④自通州司马授虢州长史。又明年春，各祗命⑤之⑥郡，与知退⑦偕行。三月十日，参会⑧于夷陵⑨。

翌日，微之反棹送予至下牢戍⑩。又翌日，将别未忍，引舟上下⑪者久之。酒酣，闻石间泉声，因舍棹进，策步入缺岸。初见石，如叠如削，其怪者如引臂，如垂幢⑫。次见泉，如泻如洒，其奇者如悬练⑬，如不绝线。

遂相与维舟岩下，率仆夫芟芜刈翳，梯危缒滑，休而复上者凡四五焉。仰睇俯察，绝无人迹，但水石相薄⑭，磷磷⑮凿凿⑯，跳珠溅玉，惊动耳目。

自未⑰讫戌⑱，爱不能去。俄而峡山昏黑，云破月出，光气含吐，互相明灭。晶荧玲珑，象生其中。虽有敏口，不能名状。既而通夕不寐，迨旦将去，怜奇惜别，且叹且言。

知退曰："斯境胜绝，天地间其有几乎？如之何俯通津，绵岁代，寂寥委置，罕有到者?”予曰：“借此喻彼，可为长太息，岂独是哉? 岂独是哉?”微之曰："诚哉是言。矧吾人难相逢，斯境不易得，今两偶于是，得无述乎? 请各赋古调诗二十韵，书于石壁。”

仍命予序而纪之。又以吾三人始游，故目为三游洞。

洞在峡州上二十里北峰下两崖相歆间。欲将来好事者知，故备书其事。

【注释】

①三游洞：在今湖北宜昌西北，西陵峡口，长江北岸。

②“平淮西”句：唐宪宗元和九年（814），淮西节度使吴元济叛乱，宪宗派兵平定，元和十二年（817）攻入蔡州，活捉吴元济，平定淮西之乱。平淮西之明年，即元和十三年（818）。

③“予自”句：白居易在元和九年（814），任太子左赞善大夫，因上书请求捕杀刺死宰相武元衡的刺客，得罪权贵，被贬为江州司马。四年后，即元和十三年（818），从江州司马任上改授忠州刺史。

④微之：即元稹，字微之，唐代著名诗人，是白居易的好友。元和八年（813）元稹出任通州司马，元和十

三年（818）改授虢州长史。

⑤祗（zhī）命：奉命。

⑥之：至，往。

⑦知退：居易弟白行简，字知退。

⑧参（sān）会：指白居易、元稹、白行简三人相会。参，通"三"。

⑨夷陵：《旧唐书·地理志二》："硖州下，隋夷陵郡。……（贞观）九年，自下牢镇移治陆抗故垒。天宝元年，改为夷陵郡。乾元元年，复为硖州。"硖州，后称"峡州"。

⑩"微之"句：下牢戍，即下牢关，在宜昌西边。其时元稹出川，已过下牢关，白居易入川，还未过下牢关，因此元稹陪同白居易重返下牢关。

⑪引舟上下：两人不舍得分别，彼此牵引着船在下牢关一段江中来回航行。

⑫垂幢（chuáng）：下垂的旗帜。

⑬悬练：水出山崖群石间，像柔软的白绢曳下。

⑭薄：碰击。

⑮磷磷：水清澈的样子。磷，通"潾"。

⑯凿凿：石鲜明的样子。

⑰未：未时，指现在的午后一点到三点。

⑱戌：戌时，指现在的晚上七点到九点。

【赏读】

本文作于元和十四年（819）三月，江州至忠州途中。白居易与好友元稹、弟弟白行简三人同游西陵峡口北岸岩洞，各赋诗二十韵书于石壁，此洞因而名为三游洞，这篇序文就是为此次游览所作。

本文再现了三游洞的奇丽风光，描绘了三游洞的三幅奇景。文章最后，游览接近尾声，游人"且叹且言"，收结对山洞的描写，转入议论。白行简认为"斯境胜绝"，为这个景色优美的山洞地僻荒凉、无人问津而抱怨。白居易感叹："借此喻彼，可为长太息，岂独是哉？岂独是哉？"抒发难言隐衷——面对秀丽却无人问津的山洞，想到自己到忠州后必将更加孤独寂寞。最后元稹提议各赋古调诗二十韵，书于石壁。于是引出可供参考的白居易《十年三月三十日别微之于沣上十四年三月十一日夜遇微之于峡中停舟夷陵三宿而别言不尽者以诗终之因赋七言十七韵以赠且欲记所遇之地与相见之时为他年会话张本也》，诗云："沣水店头春尽日，送君上马谪通川。夷陵峡口明月夜，此处逢君是偶然。一别五年方见面，相携三宿未回船。坐从日暮唯长叹，语到天明竟未眠。齿发蹉跎将五十，关河迢递过三千。生涯共寄沧江上，乡国俱抛白日边。往事渺茫都似梦，旧游零落半归泉。醉悲洒泪春杯里，吟苦支颐晓烛前。莫问龙钟恶官职，且听清脆好文篇。（自注：微之别来有新诗数百篇，丽绝可爱。）别来只是成诗癖，老去何曾更酒颠。各限王程须去住，重开离宴贵留连。黄牛渡北移征棹，白狗崖东卷别筵。（自注：黄牛、白狗，皆峡中地名，即与微之遇别之所也。）神女台云闲缭绕，使君滩水急潺湲。风凄暝色愁杨柳，月吊宵声哭杜鹃。万丈赤幢潭底日，一条白练峡中天。君还秦地辞炎徼，我向忠州入瘴烟。未死会应相见在，又知何地复何年？"

　　白诗"沣水店头春尽日，送君上马谪通川"，可以参见元稹《沣西别乐天博载樊宗宪李景信两秀才侄谷三月三十日相饯送》，诗云："今朝相送自同游，酒语诗情替别愁。忽到沣西总回去，一身骑马向通州。"白居易复有《城西别元九》诗云："城西三月三十日，别友辞春两恨多。帝里却归犹寂寞，通州独去又如何。"元稹赴通州，取道沣鄠通向巴蜀之陆路，蒲池村居沣水西岸桥边。综合元稹、白居易前后酬答诸诗，可知元稹三月二十九日离开长安，居易等人相送至沣水西岸桥边蒲池村，天色已晚，依依不舍，同在沣水桥边旅店内借宿一宿，至次日（三十日）复于蒲池村分别，居易等人再渡过沣水桥返回长安城。白居易此诗："蒲池村里匆匆别，沣水桥边兀兀回。行到城门残酒醒，万重离恨一时来。"乃自远及近之倒写手法。

三游洞，位于距湖北宜昌西北十公里左右的南津关西陵山上，背靠长江三峡的西陵峡口，面临下牢溪，洞奇景异，山水秀丽。三游洞生于绝壁之上，地势险峻，有栈道可达。其形如覆蓬，冬暖夏凉，洞室开阔，洞中横排三根钟乳石柱。洞顶之悬石，击之有声，名为"天钟"，地面之凸石，跺之有声，取名"地鼓"，故有"天钟地鼓"之说。白居易、白行简与元稹三个人同游此洞，人称"前三游"；北宋年间，苏洵、苏轼和苏辙父子三人也同游此洞，同样各题诗一首留于洞壁，称为"后三游"。

前后三游以后，宋代文人黄庭坚、陆游，明代文人林俊、臧懋循，清代文人王士禛、毕沅等慕名接踵而至，留下丰富的诗文歌赋与以真、隶、篆、行、草书写的摩崖石刻。黄庭坚《跋自书乐天三游洞序》云："元和初，盗杀武丞相于通衢，乐天以赞善大夫是日上书，论天下根本，所言忤君相按剑之意，谪江州司马数年。平淮西之明年，乃迁忠州刺史。观其言行，蔼然君子也。余往来三游洞下，未尝不想见其人。门人唐履因请书乐天序刻之夷陵，向宾闻之，欣然买石具其费，遂与之。建中靖国元年七月，涪翁题。"

南宋孝宗乾道五年（1169）十月八日，陆游随军旅生活，入蜀时道经夷陵，其《入蜀记》卷六云："八日五鼓尽，解船过下牢关。……系船与诸子及证师登三游洞。"在三游洞，陆游见到黄庭坚、欧阳修等文人的题刻，感慨万千，尽兴之余，取潭中泉水煎茶，水甚奇，茶味美，小潭倚山临溪，陆游流连忘返，题《三游洞前岩下潭水甚奇取之煎茶》于潭旁岩壁上，从此这眼无名山泉，被世人称为"陆游泉"而颇有名气。

不能忘情吟并序

乐天既老，又病风，乃录家事，会经费，去长物①。妓有樊素②者，年二十余，绰绰有歌舞态，善唱《杨枝》③。人多以曲名名之，由是名闻洛下。籍在经费中，将放之。马有骆者④，驵壮骏稳，乘之亦有年。籍在长物中，将鬻之。圉人牵马出门，马骧首反顾一鸣，声音间似知去而旋恋者。素闻马嘶，惨然立且拜，婉娈有辞，辞毕泣下。予闻素言，亦愍默不能对。且命回勒反袂，饮素酒，自饮一杯，快吟数十声。声成文，文无定句，句随吟之短长也，凡二百三十四言。噫！予非圣达，不能忘情，又不至于不及情者。⑤事来搅情，情动不可枙⑥。因自哂，题其篇曰《不能忘情吟》。吟曰：

鬻骆马兮放杨柳枝，掩翠黛兮顿金羁。马不能言兮长鸣而却顾，杨柳枝再拜长跪而致辞。辞曰：主乘此骆五年，凡千有八百日。衔橛之下，不惊不逸。素事主十年，凡三千有六百日。巾栉之间，无违无失。

今素貌虽陋，未至衰摧。骆力犹壮，又无虺隤⑦。即骆之力，尚可以代主一步。素之歌，亦可以送主一杯。一旦双去，有去无回。故素将去，其辞也苦。骆将去，其鸣也哀。此人之情也，马之情也，岂主君独无情哉？予俯而叹，仰而哂，且曰：骆骆尔勿嘶，素素尔勿啼。骆反厩，素反闺。吾疾虽作，年虽颓，幸未及项籍之将死，亦何必一日之内弃骓兮而别虞兮。乃目素曰：素兮素兮，为我歌《杨柳枝》，我姑酌彼金罍。我与尔归醉乡去来。

【注释】

①长（zhàng）物：原指多余的东西，后来也指好的东西。《世说新语·德行》："王恭从会稽还，王大看之。见其坐六尺簟，因语恭：'卿东来，故应有此物，可以一领及我。'恭无言。大去后，即举所坐者送之。既无余席，便坐荐上。后，大闻之甚惊，曰：'吾本谓卿多，故求耳。'对曰：'丈人不悉恭，恭作人无长物。'"

②樊素：白居易家的歌妓，以善歌《杨柳枝》，又称柳枝。白居易《杨柳枝二十韵》题注："杨柳枝，洛下新声也。洛之小妓有善歌之者，词章音韵，听可动人，故赋之。"

③《杨枝》：即乐府《杨柳枝》。

④马有骆者：骆马。《诗经·小雅·四牡》："四牡骓骓，啴啴骆马。"毛传："白马黑鬣曰骆。"

⑤"予非圣达"三句：《世说新语·伤逝》："王戎丧儿万子，山简往省之。王悲不自胜。简曰：'孩抱中物，何至于此？'王曰：'圣人忘情，最下不及情。情之所钟，正在我辈。'"

⑥柅（nǐ）：阻止。

⑦虺隤（huī tuí）：形容疲病的样子。《诗经·周南·卷耳》："陟彼崔嵬，我马虺隤。"

【赏读】

本文作于开成四年（839），洛阳。白居易自忖年事已高，自己又退闲学佛，便打算去长物、屏声色。但在与爱姬樊素及爱骑分别时，又"不忍去之"，便有了这篇《不能忘情吟》。

洪迈《容斋随笔·五笔》卷九云："予既书白公钟情蛮、素于前卷，今复见其《不能忘情吟》一篇，尤为之感叹，辄载其文，因以自警。"白居易《别柳枝》："两枝杨柳小楼中，袅娜多年伴醉翁。明日放归归去后，世间应不要春风。"又有《春尽日宴罢感事独吟》："五年三月今朝尽，客散筵空独掩扉。病共乐天相伴住，春随樊子一时归。闲听莺语移时立，思逐杨花触处飞。金带绁腰衫委地，年年衰瘦不胜衣。"此诗是开成五年（840）作，意味着樊素最终还是被送走了。

元好问有《乐天不能忘情图二首》诗云：

一

得便宜是落便宜，木石痴儿自不知。

就使此情忘得了，可能长在老头皮。

二

芙蓉脂肉紫霞浆，别是仙家暖老方。

只枉柳枝拼不得，忘情一马亦何妨。

元朝翰林学士王恽《题乐天不能忘情图》诗，共有六首，录二首于此：

一

病来心事转蹉跎，身外犹嫌长物多。

况是春归留不得，侍儿无用蹙双蛾。

二

青衫憔悴老江州，放逐归来万事休。

止有醉吟情未减，又翻新样柳枝愁。

明人陈天定《古今小品》批点此文："情之所钟，正在我辈，使我汩汩尘土中者，此文也。"

《唐宋诗醇》评论说："借樊素语问答成篇，亦因序中摹写尽致，故作此变化避就之法。"又引《冷斋夜话》曰："东坡南迁，侍儿王朝云者请从行，东坡嘉之，作诗有‘不学杨柳枝别乐天’句。其序云：‘世谓乐天有鬻骆放杨枝词，嘉其至老病不忍去也。’然梦得诗曰：‘春尽絮飞留不得。随风好去落谁家？’乐天亦云：‘病与乐天相伴住，春随樊子一时归。’则是樊素竟去也。”

桂馥《札樸》“白傅诗意”一则云：“乐天《杨柳枝词》云：‘永丰西角荒园里，尽日无人属阿谁。’此为樊素作也。素善歌《杨柳枝》，人以杨枝呼之。时乐天老病，故托兴于杨柳。又有《不能忘情吟》，盖欲遣素而未能也。又有《别柳枝》绝句，是樊素终去也。又有《春尽日》诗云：‘春随樊素一时归。’又云：‘思逐杨花触处飞。’此素初去而犹系念也。又有《答梦得》诗云：‘柳老春深日又斜，任他飞向别人家。谁能更作孩童戏，寻逐春风捉柳花。’又有《咏怀》诗云：‘院静留僧宿，楼空放妓归。衰残强欢宴，此事久知非。’去后不得已之决绝也。汉武《秋风辞》云：‘欢乐极兮哀情多，少壮几时兮奈老何！’乐天盖有感于此。”

题道宗上人十韵并序

　　普济寺[①]律大德宗上人法堂中，有故相国郑司徒[②]、归尚书[③]、陆刑部[④]、元少尹[⑤]及今吏部郑相[⑥]、中书韦相[⑦]、钱左丞[⑧]诗。览其题，皆与上人唱酬。阅其人，皆朝贤。省其文，皆义语。予始知上人之文，为义作，为法作，为方便智作，为解脱性作，不为诗而作也。知上人者云尔，恐不知上人者，谓为护国、法振、灵一、皎然[⑨]之徒与？故予题二十句以解之。

　　　　如来说偈赞，菩萨著论议。

　　　　是故宗律师，以诗为佛事。

　　　　一音无差别，四句有诠次。

　　　　欲使第一流，皆知不二义。

　　　　精洁沾戒体，闲澹藏禅味。

　　　　从容恣语言，缥缈离文字。

　　　　旁延邦国彦，上达王公贵。

　　　　先以诗句牵，后令入佛智。

　　　　人多爱师句，我独知师意。

不似休上人，空多碧云思。

【注释】

①普济寺：《长安志》卷九："贞元普济寺，贞元十三年敕曲江南弥勒阁赐名。"

②郑司徒：郑馀庆。贞元十四年（798）拜中书侍郎、平章事。穆宗登极，以师傅之旧，进位检校司徒。元和十五年（820）卒。

③归尚书：归登。宪宗时自左散骑常侍转兵部侍郎，迁工部尚书。元和十五年（820）卒。

④陆刑部：未详。

⑤元少尹：元宗简，字居敬，洛阳人。唐贞元十九年（803）进士及第，历任侍御史、尚书郎中等职，官终京兆少尹。与白居易、张籍等友善。

⑥吏部郑相：即郑絪。永贞元年（805）十二月拜中书侍郎、同中书门下平章事。

⑦中书韦相：韦处厚。《旧唐书·文宗纪》：宝历二年（826）十二月庚戌，"以正议大夫、尚书兵部侍郎、知制诰、充翰林学士、柱国、赐紫金鱼袋韦处厚为中书侍郎、同中书门下平章事"。

⑧钱左丞：钱徽。《旧唐书·文宗纪》：大和元年（827）二月丙辰，"以华州刺史钱徽为尚书右丞"。文中

"右丞"为"左丞"之讹。

⑨护国、法振、灵一、皎然：皆为唐代诗僧。刘禹锡《澈上人文集纪》："世之言诗僧者，多出江左。灵一导其源，护国袭之。清江扬其波，法振沿之。"

【赏读】

本文作于大和元年（827）至大和二年（828），长安。明人陈天定《古今小品》评价此文："林间清吹，叶响泉飞。"

唐代是诗歌成就最为辉煌的一个时代，在唐代众多的诗人中有一个特殊的作者群体——诗僧。诗僧并非指那些偶尔能吟诵一两句诗的僧侣，而是那些以诗著名的僧人。现代日本学者市原亨吉在其《中唐初期江左的诗僧》一文中指出，释皎然《酬别襄阳诗僧少微》一诗诗题中的"诗僧"一词，应是"诗僧"概念最早的用例。

从白居易这篇《题道宗上人十韵并序》可知，因不同的诗歌创作态度，唐代诗僧可以分作两类。一类是为宣扬佛法教义而进行诗歌创作的真正意义上的佛门释子，如道宗，即文中所云"为义作，为法作，为方便智作，为解脱性作，不为诗而作也"；另一类诗僧，虽然也登坛受戒，身披袈裟，研读佛经，栖身佛门，但实际上，他们中的多数人修佛讲道只是为尽自己身为僧侣的本分而已，他们更专注于诗歌创作，时常活跃于诗坛，且其诗作与宣传佛理并无太多联系，如灵澈及文中提到的护国、法振、灵一、皎然等人。此类有别于一般文人诗僧的出现，推动了中唐僧诗的创作，提高了僧诗的艺术创作水平，受到社会各界的广泛关注，并逐渐在中唐诗坛具备一定的影响力。

荔枝图序

荔枝生巴峡间①，树形团团如帷盖②。叶如桂③，冬青。华如橘④，春荣。实如丹，夏熟。朵如蒲萄⑤，核如枇杷，壳如红缯⑥，膜如紫绡⑦，瓤肉莹白如冰雪，浆液甘酸如醴酪。

大略如彼，其实过之⑧。若离本枝，一日而色变，二日而香变，三日而味变，四五日外色香味尽去矣⑨。

元和十五年夏，南宾守⑩乐天命工吏图而书之，盖为不识者与识而不及一二三日者云⑪。

【注释】

①巴峡：指巴州和峡州，在今四川东部和湖北西部。这里说"荔枝生巴峡间"，其实中国生产荔枝的地方还有福建、杭州等。

②帷盖：周围带有帷帐的伞盖，围在四周的部分叫"帷"，盖在上面的部分叫"盖"。

③桂：常绿小乔木，叶为椭圆形，与荔枝叶相似。

④华如橘：花朵像橘树的花朵。华，通"花"。

⑤朵如蒲萄：指果实成串成簇，像葡萄一样。朵，这里指果实聚成的串。

⑥红缯（zēng）：红色的丝绸。

⑦绡（xiāo）：生丝织成的绸。

⑧其实过之：荔枝真正的色、形、味超过上面的描述。

⑨"四五日"句：王符曾《古文小品咀华》评云："写出品格。"

⑩南宾守：南宾郡太守。南宾，又名忠州（今重庆忠县）。天宝间忠州改为南宾郡，乾元间复为忠州。

⑪"盖为"句：王符曾《古文小品咀华》评云："为荔枝便有一片热肠，高人不同如此。"

【赏读】

本文作于唐宪宗元和十五年（820）夏天。白居易时在忠州。

忠州之邻州涪州以产荔枝著称，忠州亦产荔枝。《华阳国志》卷一《巴志》："江州县，郡治。……有荔枝园。至熟，二千石常设厨膳，命士大夫共会树下食之。"《大唐传载》："白宾客居易云：忠州有荔枝一株，槐一株。自忠之南更无槐，自忠之北更无荔枝。"

　　《新唐书·杨贵妃传》记载："妃嗜荔枝，必欲生致之，乃置骑传送，走数千里，味未变，已至京师。"晚唐杜牧在《过华清宫绝句》一诗中写道："长安回望绣成堆，山顶千门次第开。一骑红尘妃子笑，无人知是荔枝来。"但在当时，一般北方人是很难一睹荔枝芳容的。白居易于元和十四年（819）任忠州刺史，第二年命画工绘了一幅荔枝图，并亲自为之作序。

　　这篇序文是为荔枝图所写的说明，重在介绍荔枝的特质，有如一篇精练而富有诗意的说明书，一幅色彩炫丽的招贴画。文章很短，却不仅写出荔枝的产地、出处、外形、味道，而且还写出其生长过程，及摘下后短期内的变化情况，颇见剪裁之功。而且语言通俗明朗，自然流畅而清新隽永，富有活泼灵动的韵味，可谓一篇言简意赅的说明文佳作，甚至堪称古代状物小品文的极品。

　　在结构上，开端以"生巴峡间"交代产地，然后对荔枝从树形到果实加以具体说明，由树形及于树叶，及于花朵，再到果实，写果实则从其外形及于内部，次序清晰，语言简洁。这一部分从"树形团团如帷盖"到"浆液甘酸如醴酪"，连用十个"如"字作比喻，生动形象，通过形象的比喻，把荔枝的树形、树叶、花朵、果实的性状乃至壳核、果肉、浆液等，凸现为可以触摸的视觉形象，这是本文精彩所在。又简要说明荔枝采摘后色、香、味很难保持的特点。文末以"盖为不识者与识而不及一二三日者",点明作序目的,一结富于哲理,意味隽永。

对这篇优秀的说明文小品,明人杨慎《艺林伐山》"荔枝"一条评价说:"此文可歌可咏,可图可画。欧阳公咏荔枝词曰'绛纱囊里水晶丸',亦妙。"明人陈天定《古今小品》评此文:"写生之笔,正贵此轻脆。"王符曾《古文小品咀华》对此文评云:"特为荔枝立传,想见太守风流。昔东坡有空寓岭表之叹,对此,真令人恨不生巴峡也。"

送侯权秀才序

贞元十五年秋，予始举进士，与侯生俱为宣城守所贡。[①]

明年春，予中春官第。[②]既入仕，凡历四朝，才朽命剥，蹇踬[③]不暇。去年冬，蒙不次恩，迁尚书郎，掌诰西掖[④]。然青衫未解，白发已多矣。

时子尚为京师旅人，见除书[⑤]，走来贺予。因从容问其宦名，则曰：无得矣。问其生业，则曰：无加矣。问其仆乘囊辎，则曰：日削月朘[⑥]矣。问别来几何时？则曰：二十有三年矣。

嗟乎侯生！当宣城别时，才文志气，我尔不相下。今予犹小得遇，子卒无成。由子而言，予不为不遇耳。

嗟乎侯生！命实为之，谓之何哉？言未竟，又有行色。且曰：欲谒东诸侯，恐不我知者多，请一言以宠别[⑦]。

予方直阁，慨然窃书命笔以序之尔。

【注释】

①"贞元十五年秋"三句：据陈振孙《白文公年谱》贞元十五年（799）己卯，"是岁举进士于宣州"。宣城守，宣歙观察使崔衍。《旧唐书·德宗纪》："（贞元十二年八月）癸酉，以虢州刺史崔衍为宣歙观察使。"《崔衍传》："居宣州十年，颇勤俭，府库盈溢。"白居易《叙德书情四十韵上宣歙崔中丞》诗云："身忝乡人荐，名因国士推。"

②"明年春"二句：据此可知，《旧唐书·白居易传》所云"贞元十四年，始以进士就试，礼部侍郎高郢擢升甲科，吏部判入等，授秘书省校书郎"，时间有误，白居易进士及第并非贞元十四年（798），而是贞元十六年（800）。春官，唐光宅年间曾改礼部为春官，后"春官"遂为礼部的别称。

③蹇踬（jiǎn zhì）：困顿，不顺利。

④掌诰西掖：指白居易元和十五年（820）十二月二十八日除主客郎中，知制诰事。

⑤除书：拜官授职的文书。

⑥日削（xuē）月朘（juān）：日日削减，月月缩小，形容逐渐减少。朘，缩减。

⑦宠别：以言辞赠别。

【赏读】

本文作于长庆元年（821），白居易时年五十岁，在长安任主客郎中、知制诰。

白居易出生于新郑，后投靠在宣州溧水做官的叔父白季康，并于贞元十五年（799）秋，参加宣州乡试。从"十五六，始知有进士，苦节读书"，到"二十七方从乡试"（白居易《与元九书》），苦心孤诣，勤奋读书十多年，二十八岁的白居易一举通过乡试，被选为"乡贡"，投取宣州解。

这次宣州乡试，一并被选为应贡进士的还有一个人，名叫侯权。白居易云："当宣城别时，才文志气，我尔不相下。"可见此人很有才气，也很有抱负。但侯权在第二年长安的礼部省试中落第，以后多次应考，竟然屡试不第。二十多年后，即长庆元年（821），侯权仍是一介布衣，踯躅长安街头，而此时白居易已先后任忠州、杭州、苏州三州刺史，由尚书司门员外郎，升任主客郎中、知制诰。侯权闻讯后登门庆贺，并诉说自己在长安求仕无门的遭遇。白居易很是同情，安慰说："嗟乎侯生！命实为之，谓之何哉？"

临别时，侯权不胜悲戚与伤感，说自己这样长期困顿于长安、垂死仕途不是办法，打算最近往东去拜望那里的一些官员，谋个差使，以解决生计，但又担心他们不了解自己，可能遭到冷遇，乞望白居易能帮忙写几句话引荐一下。白居易慨然命笔，写下《送侯权秀才序》，恰到好处地将他推荐了一番。以当时白居易的地位和名气，这封推荐信应该会起到作用。遗憾的是侯权后来的命运，由于史料缺失，不得而知。

　　贵贱在天，穷达有命，运遇有时；不倚乎命，不归诸天，不乘于时，而求其在我者，信乎其难哉！

和答元九诗序

　　五年春，微之从东台来，不数日，又左转为江陵士曹掾。^①诏下日，会予下内直归，而微之已即路，邂逅相遇于街衢中，自永寿寺^②南，抵新昌里^③北，得马上语别^④；语不过相勉保方寸、外形骸而已，因不暇及他。

　　是夕，足下次于山北寺^⑤。仆职役不得去，命季弟^⑥送行，且奉新诗一轴，致于执事，凡二十章，率有兴比，淫文艳韵无一字焉。

　　意者，欲足下在途讽读，且以遣日时，销忧懑，又有以张直气而扶壮心也。及足下到江陵，寄在路所为诗十七章，凡五六千言，言有为，章有旨，迨于宫律体裁^⑦，皆得作者风。发缄开卷，且喜且怪。

　　仆思牛僧孺戒^⑧，不能示他人，唯与杓直^⑨、拒非^⑩及樊宗师辈三四人，时一吟读，心甚贵重。然窃思之，岂仆所奉者二十章，遽能开足下聪明，使之然耶？抑又不知足下是行也，天将屈足下之道，激足下之心，使感时发愤，而臻于此耶？若尔不然者，何立意、措辞，与足下前时诗，如此之相远也？

仆既羡足下诗，又怜足下心，尽欲引狂简而和之；属直宿拘牵，居无暇日，故不即时如意。旬月来，多乞病假，假中稍闲，且摘卷中尤者，继成十章，亦不下三千言。其间所见，同者固不能自异，异者亦不能强同。同者谓之和，异者谓之答，并别录《和梦游春诗》一章，各附于本篇之末，余未和者，亦续致之。

顷者，在科试间，常与足下同笔砚；每下笔时，辄相顾，共患其意太切而理太周。故理太周则辞繁，意太切则言激。然与足下为文，所长在于此，所病亦在于此。足下来序，果有词犯文繁之说。今仆所和者，犹前病也。待与足下相见日，各引所作，稍删其烦而晦其义焉。余具书白。

【注释】

①"五年春"四句：元和五年（810）三月，元稹自监察御史贬为江陵府士曹参军。《旧唐书·地理志》："荆州江陵府……上元元年九月，置南郡，以荆州为江陵府。"

②永寿寺：《唐两京城坊考》："县东清都观，观东永寿寺。景龙三年，中宗为永乐公主立。"

③新昌里：《唐两京城坊考》："……刑部尚书白居易宅。……其时有《和元微之诗序》云……按，微之宅在靖安里，永寿寺在永乐里，永寿之南即靖安北街。乐天下直，每自朱雀街经靖安之北，集中有《靖安北街赠李二十》诗是也。微之盖东出延兴门或春明门，故经新昌之北。"白居易两度居长安新昌里：第一次在元和三年（808）为翰林学士时，第二次在长庆元年（821）春官主客郎中、知制诰时。

④语别：一作"话别"。

⑤山北寺：喻凫《游山北寺》："蓝峰露秋院，灞水入春厨。"《长安志》未载此寺，据此当在长安城东蓝田县附近。

⑥季弟：即居易弟白行简。

⑦宫律体裁：白居易《寄唐生》："非求宫律高，不务文字奇。"

⑧"仆思"句：元和三年（808），牛僧孺以贤良方正对策，与李宗闵、皇甫湜指斥时政，言辞讦激，触犯宰相李吉甫。结果，牛僧孺受到排斥，授伊阙尉，在元和年间一直不得志。白居易在写了有所兴寄、讽刺时事的诗歌之后，以牛僧孺元和三年对策事为鉴戒，希望这些诗不让别人看到，以免引发事端。

⑨杓直：李建，字杓直，举进士，授秘书省校书郎，

德宗擢为左拾遗、翰林学士。与元稹、白居易交好，长庆元年（821）二月卒于长安。白居易有《祭李侍郎文》。

⑩拒非：李复礼，字拒非。贞元十九年（803），李复礼曾与元、白等一同参加书判拔萃科考试，由元、白诗文中可知与其过从甚密。

【赏读】

本文又作《和答诗十首并序》。作于元和五年（810），时白居易三十九岁，在长安，任左拾遗、翰林学士。

元稹原诗见《元氏长庆集》卷一、二。元和五年（810）二月，元稹因弹奏河南尹房式不法事，被朝廷召回长安罚一季俸。三月，自洛阳赴长安，经华州敷水驿，恰逢宦官仇士良、刘士元等人在此，也要争住上厅，元稹为其所辱。至长安，被贬为江陵士曹参军。至江陵后，寄途中所作诗十七首与白居易，居易和答之。

曹丕《典论·论文》云："文人相轻，自古而然。"然在中国文坛上以文会友、交情深厚者，也不乏其人。其中最以情同手足、金石之交见称的诗人，非元稹与白居易莫属。《唐才子传》亦云："微之与白乐天最密，虽骨肉未至，爱慕之情，可欺金石，千里神交，若合符契，唱和之多，毋逾二公者。"由此可见，元白二人的友谊与诗文往来，的确是文学史上之佳话。

　　元白二人之交游，始于贞元十九年（803），白居易《代书诗一百韵寄微之》诗云：“忆在贞元岁，初登典校司。身名同日授，心事一言知。”自注云：“贞元中，与微之同登科第，俱授秘书省校书郎，始相识也。”而元稹与白居易在书判拔萃科登第之后，同授秘书省校书郎，即在贞元十九年春。元稹去世于大和五年（831），白居易《祭微之文》云：“呜呼微之！贞元季年，始定交分。行止通塞，靡所不同；金石胶漆，未足为喻。死生契阔者三十载，歌诗唱和者九百章。”

新乐府诗序

序曰：凡九千二百五十二言，断为五十篇。篇无定句，句无定字，系于意，不系于文①。首句标其目，卒章显其志，《诗》三百之义也。其辞质而径②，欲见之者易谕也。其言直而切③，欲闻之者深诫也。其事核而实④，使采之者传信也。其体顺而肆⑤，可以播于乐章歌曲也。总而言之，为君、为臣、为民、为物、为事而作，不为文而作也。

元和四年为左拾遗时作。

《七德舞》，美拨乱陈王业也。

《法曲》，美列圣正华声也。

《二王后》，明祖宗之意也。

《海漫漫》，戒求仙也。

《立部伎》，刺雅乐之替也。

《华原磬》，刺乐工非其人也。

《上阳白发人》，愍怨旷也。

《胡旋女》，戒近习也。

《新丰折臂翁》，戒边功也。

《太行路》，借夫妇以讽君臣之不终也。

《司天台》，引古以儆今也。

《捕蝗》，刺长吏也。

《昆明春水满》，思王泽之广被也。

《城盐州》，美圣谟而诮边将也。

《道州民》，美臣遇明主也。

《驯犀》，感为政之难终也。

《五弦弹》，恶郑之夺雅也。

《蛮子朝》，刺将骄而相备位也。

《骠国乐》，欲王化之先迩后远也。

《缚戎人》，达穷民之情也。

《骊宫高》，美天子重惜人之财力也。

《百炼镜》，辨皇王鉴也。

《青石》，激忠烈也。

《两朱阁》，刺佛寺寖多也。

《西凉伎》，刺封疆之臣也。

《八骏图》，戒奇物、惩佚游也。

《涧底松》，念寒俊也。

《牡丹芳》，美天子忧农也。

《红线毯》，忧蚕桑之费也。

《杜陵叟》，伤农夫之困也。

《缭绫》，念女工之劳也。

《卖炭翁》，苦宫市也。

《母别子》，刺新间旧也。

《阴山道》，疾贪虏也。

《时世妆》，警戒也。

《李夫人》，鉴嬖惑也。

《陵园妾》，怜幽闭也。

《盐商妇》，恶幸人也。

《杏为梁》，刺居处奢也。

《井底引银瓶》，止淫奔也。

《官牛》，讽执政也。

《紫毫笔》，讥失职也。

《隋堤柳》，悯亡国也。

《草茫茫》，惩厚葬也。

《古冢狐》，戒艳色也。

《黑潭龙》，疾贪吏也。

《天可度》，恶诈人也。

《秦吉了》，哀冤民也。

《鸦九剑》，思决壅也。

《采诗官》，鉴前王乱亡之由也。

【注释】

① "篇无" 四句：意思是每首诗的句和字没有固定的格式，音节、格律比较自由，句式长短不一，句数和字数根据要表达的内容来决定，不受诗歌形式的束缚。这是乐府杂言体的特征。

② "其辞" 句：指语言质朴浅显。班彪《史记论》："然善述序事理，辩而不华，质而不野，文质相称，盖良史之才也。"钟嵘《诗品》谓宋征士陶潜："每观其文，想其人德，世叹其质直。"《荀子·性恶》："少言则径而省。"径，径直，直接。

③ "其言" 句：议论坦率直白而感情真切。《文心雕龙·体性》："显附者，辞直义畅，切理厌心者也。"《比兴》："故比兴虽繁，以切至为贵。"

④ "其事" 句：所写的事情是经过核查而确实可信的。《汉书·司马迁传》："其文直，其事核，不虚美，不隐恶，故谓之实录。"为此句之所本。

⑤ "其体" 句：词句通畅流利而有歌谣色彩。白居易《与元九书》："音有韵，义有类，韵协则言顺，言顺则声易入。"柳宗元《同吴武陵送前桂州杜留后诗序》："积为义府，溢为高文，恳而和，肆而信。"

【赏读】

本文作于元和四年（809），白居易三十八岁，在长安任左拾遗、翰林学士。

元稹《和李校书新题乐府十二首》序："余友李公垂赆余《乐府新题》二十首，雅有所谓，不虚为文。余取其病时之尤急者，列而和之，盖十二而已。昔三代之盛也，士议而庶人谤。又曰世理则词直，世忌则词隐。余遭理世而君盛圣，故直其词以示后，使夫后之人谓今日为不忌之时焉。"李公垂即李绅，其《乐府新题》二十首今不存。元稹所和十二首之题，则为居易采用，并扩充为五十首，成为《新乐府》组诗。白居易于"新乐府"题下特注明"杂言"，与卷一、卷二讽喻诗之"古调诗"迥然分别，此为新乐府诗体之明确规定。郭茂倩编《乐府诗集》于"新乐府辞"单列一类，然于解题中引元稹《乐府古题序》语多有混淆，所收作品亦不仅限于歌行杂言之体。

今天看来，《新乐府》的共同特点可以总结为四个方面：

首先，具有音乐性。由于在创作上主张"其体顺而肆，可以播于乐章歌曲也"，而且"乃以改良当日民间口头流行之俗曲为职志"（陈寅恪《元白诗笺证稿》），新乐府有着别于一般诗歌和某些古乐府的音乐性。

其次，在乐府诗题上，强调"因事立题"。《新乐府》最初是由《新题乐府》省称而来，继承着其"即事名篇，无复倚傍"、"不复拟赋古题"（元稹《乐府古题序》）的先例，故新乐府必须是新题乐府，而新题乐府并非皆为新乐府，新题只是新乐府的规定性之一而已。

再次，在乐府精神上，强调"为君、为臣、为民、为物、为事而作，不为文而作"，内容以讽刺时事、伤民病痛为主，以总结人生经验、概括社会现象等为辅。

最后，在乐府体制上，其诗体是七言歌行，其表现样式有《诗经》和汉乐府传统，如首句标其目，卒章显其志。

效陶公体诗序

　　余退居渭上[①]，杜门不出，时属多雨，无以自娱。会家酝新熟，雨中独饮，往往酣醉，终日不醒。懒放之心，弥觉自得，故得于此而有以忘于彼者。因咏陶渊明诗，适与意会，遂效其体，成十六篇。醉中狂言，醒辄自哂。然知我者，亦无隐焉。

【注释】

　　①渭上：白居易之故乡下邽（今陕西渭南临渭区）金氏村，在渭水之旁。《水经注·渭水》："渭水又东，径下邽县故城南。"

【赏读】

　　本文是元和八年（813）作，时白居易四十二岁，退居渭上。文题一作《效陶潜体诗十六首并序》。

　　白居易是较早发现陶渊明文化价值的文人，堪称陶渊明在唐代的第一知音。白居易慕陶最晚在元和二年（807）

已有显露，此年他作《官舍小亭闲望》诗云："数峰太白雪，一卷陶潜诗。"元和七年（812），白居易丁母忧而退居下邽，有《自吟拙什因有所怀》，其中又提到"苏州及彭泽，与我不同时"。可以说韦应物的《与友生野饮效陶体》《效陶彭泽》等效陶之作，也对白居易早期慕陶效陶深有启发。

元和八年（813），白居易创作了《效陶潜体诗十六首》，将师法目标明确指向陶渊明。在"懒放之心，弥觉自得"的心境中，"咏陶渊明诗，适与意会"，展示了与陶渊明在人生态度和精神意向上的内在相通。以酒为娱，适心忘身，不愿被世网羁绊，向往自然境界，追求自由洒脱，是白居易由前期积极参政转向后期退居避世的重要标志，也是白与陶在历经世途坎坷后所共有的特点。十六首效陶诗，从内容和形式两方面将二人紧密联系在一起。

此后，心仪渊明的诗句或表述，在白居易诗集中在在可见。元和十年（815），白居易在长安《酬吴七见寄》诗云："常闻陶潜语，心远地自偏"。如果说，白居易早期慕陶效陶，主要是受到韦应物影响的话，那么，元和十年（815）被贬江州之际，白居易对陶渊明的推崇，则主要源自庐山地域文化。陶渊明故里柴桑即在江州。《白居易集》卷七第一首诗《题浔阳楼》下自注云："自此后诗,江州司马时作。"表明此诗为被贬后的最早作品。诗云:"常爱陶彭泽,文思何高玄。又怪韦江州,诗情亦清闲。今朝登此楼,有以知其然。大江寒见底,匡山青倚天。深夜溢浦月,平旦炉峰烟。清辉与灵气,日夕供文篇。我无二人才,孰为来其间?因高偶成句,俯仰愧江山。"表面看,是对陶渊明和韦应物文思高玄的赞美,但也暗含对他们立身行世之高风亮节的由衷钦羡。

继《题浔阳楼》之后,白居易又有《访陶公旧宅》。诗前小序云:"予凤慕陶渊明为人,往岁渭川闲居,尝有《效陶潜体诗十六首》。今游庐山,经柴桑,过栗里,思其人,访其宅,不能默默,又题此诗云。"诗篇位置的重要已自说明对陶的重视,小序的自白尤为突出地表示对陶渊明的敬重。

陶渊明《饮酒》组诗二十首,非一时之作,但皆为归隐田园后所题,借酒抒怀寄慨。白居易这组诗为"效陶潜体",亦以酒为契机抒发怀抱。内容涉及面较广,或抒发闲适之情,或表达对自作乐府诗的喜爱,或表现对至交好友的思念,而其感情基调,正如第五首诗所说:"便得心中适,尽忘身外事。更复强一杯,陶然遗万累。"在表达方式上,亦如陶诗,描写、叙述与议论结合,但境界尚有差别。钱锺书《谈艺录》云:"香山才情,昭映古今,然词沓意尽,调俗气靡,于诗家远微深厚之境,有间未达。其写怀学渊明之闲适，则一高玄，一琐直，形而见绌矣。"

举《效陶潜体诗十六首》其四为例："朝饮一杯酒，冥心合元化。兀然无所思，日高尚闲卧。暮读一卷书，会意如嘉话。欣然有所遇，夜深犹独坐。又得琴上趣，安弦有余暇。复多诗中狂，下笔不能罢。唯兹三四事，持用度昼夜。所以阴雨中，经旬不出舍。始悟独往人，心安时亦过。"这首诗写他退居渭上，过着饮酒、读书、弹琴、作诗的闲适生活，即可谓"琐直"。再看陶渊明《饮酒二十首》其四："栖栖失群鸟，日暮犹独飞。徘徊无定止，夜夜声转悲。厉响思清远，去来何依依。因值孤生松，敛翮遥来归。劲风无荣木，此荫独不衰。托身已得所，千载不相违。"诗写失群之鸟悲哀时，还在找孤生松来栖托，表达出"千载不相违"的志节，即可谓"高玄"。

琵琶引序

元和十年[1]，予左迁九江郡[2]司马。

明年秋，送客湓浦口[3]，闻舟中夜弹琵琶者。听其音，铮铮然有京都声。问其人，本长安倡女[4]，尝学琵琶于穆、曹二善才[5]。年长色衰，委身为贾人妇。遂命酒，使快弹数曲。曲罢悯默，自叙少小时欢乐事，今漂沦憔悴，转徙于江湖间。

予出官二年，恬然自安。感斯人言，是夕始觉有迁谪意。因为长句，歌以赠之。凡六百一十六言[6]，命曰《琵琶行》[7]。

【注释】

①元和十年：金泽本、管见抄本作"元和十五年"，平冈校："虽事不合，亦当有所由。"

②九江郡：即江州。《旧唐书·地理志三》："江州，隋九江郡。"

③湓浦口：清《江西通志》载："湓浦港在府城西里

许，西通龙开河，北通大江，渊深莫测。民居两岸，可泊舟楫。源发瑞昌县清溢乡。相传昔有人洗铜盆，水忽暴涨，失盆，没水取之，见一龙衔盆，夺之而出。故名盆水。浦口有亭，唐白居易听商妇弹琵琶即是处也。"

④本长安倡女：金泽本、管见抄本作"本是长安倡家女"，《文苑英华》作"本是长安倡女"。

⑤穆、曹二善才：元稹《琵琶歌》："继之无乃在铁山，铁山已近曹穆间。"原注："二善才姓。"《乐府杂录》卷上《琵琶》："贞元中有王芬、曹保保，其子善才、其孙曹纲，皆袭所艺。"

⑥六百一十六言：各本作"六百一十二言"，据《文苑英华》改。

⑦命曰《琵琶行》：金泽本、管见抄本、《文苑英华》作"命曰琵琶引"。

【赏读】

本文作于元和十一年（816），江州。明人陈天定《古今小品》评价此文："情境相逼，所谓人言愁今始愁。"

《琵琶行》作于白居易遭贬江州司马时。一个偶然的机会，在浔阳江头，他遇到一位来自京都、漂泊江湖的琵琶女，顿生强烈的天涯沦落之感。这首长篇叙事诗，正是有感而发。与早年的《长恨歌》写历史题材有所不同，《琵琶行》转到了现实题材。诗人通过亲身见闻，叙写了琵琶女的沦落命运，并由此关合到自己的被贬遭际，发出那句著名的感慨："同是天涯沦落人，相逢何必曾相识！"正如《唐宋诗醇》所说："满腔迁谪之感，借商妇以发之，有同病相怜之意焉。比兴相纬，寄托遥深，其意微以显，其情哀以思，其辞丽以则。"

因为有切身体验，所以感情特别真诚深挚；因为是在贬所深秋月夜的江面巧遇琵琶女，所以诗情特别哀婉苍凉。《琵琶行》一出，当即风靡宫廷里巷，而且千百年来一直传诵不衰，显示了强大的艺术生命力。唐宣宗《吊乐天》有"童子解吟长恨曲，胡儿能唱琵琶篇"之赞。清代张维屏《琵琶亭》有"一曲琵琶说到今"之叹。

在历代书画家笔下，《琵琶行》在诗歌与音乐之外，转化为与诗画并胜的艺术形式，展现出别样的魅力。各色书迹，或隶或楷或行或草，或洒脱或凝重或飘逸或朴拙，各擅胜场，均围绕《琵琶行》这一不朽之作，以己之心感受，入笔之意阐释，与不幸贬谪的诗人相共鸣，予漂泊浔阳的歌女以同情。

和梦游春诗序

微之既到江陵，又以《梦游春诗七十韵》寄予，且题其序曰："斯言也，不可使不知吾者知，知吾者亦不可使不知。乐天知吾也，吾不敢不使吾子知。"

予辱斯言，三复其旨，大抵悔既往而悟将来也。然予以为苟不悔不悟则已，若悔于此，则宜悟于彼也；反于彼而悟于妄，则宜归于真也。

况与足下外服儒风、内宗梵行①者有日矣。而今而后，非觉路之返也，非空门之归也，将安反乎？将安归乎？今所和者，其章指卒归于此。

夫感不甚则悔不熟，感不至则悟不深，故广足下七十韵为一百韵，重为足下陈梦游之中所以甚感者，叙婚仕之际所以至感者，欲使曲尽其妄，周知其非，然后返乎真，归乎实；亦犹《法华经》序火宅②、偈化城③，《维摩经》入淫舍、过酒肆④之义也。

微之，微之，予斯文也，尤不可使不知吾者知，幸藏之尔云。

【注释】

①外服儒风、内宗梵行:《法华经·序品》:"发大乘意,常修梵行。"释道安《二教论·归宗显本一》:"释教为内,儒教为外。"

②火宅:佛教用语。多用以比喻充满苦难的尘世。《法华经·譬喻品》:"三界无安,犹如火宅。"

③化城:佛教用语。指一时幻化的城郭,比喻小乘所能达到的境界。《法华经·化城喻品》:"如彼导师,为止息故,化作大城,既知息已,而告之言:宝处在近,此城非实,我化作耳。"

④《维摩经》入淫舍、过酒肆:维摩居士是在世俗中修佛,他们尽管也会吃喝嫖赌,但他的精神境界是超拔的,不为外界环境所影响,因而仍然能摄受教化众生。《维摩经·方便品》:"入诸淫舍,示欲之过。入诸酒肆,能立其志。"

【赏读】

本文作于元和五年(810),长安。文题一作《和梦游春诗一百韵并序》。

陈寅恪《元白诗笺证稿》云:"微之自编诗集,以悼亡诗与艳诗分归两类。其悼亡诗即为元配韦丛而作。其艳诗则多为其少日之情人所谓崔莺莺者而作"；"至《梦游春》一诗，乃兼涉双文成之者"；"元白《梦游春》诗，实非寻常游戏之偶作，乃心仪浣花草堂之巨制，而为元和体之上乘，且可视作此类诗最佳之代表者也"。

《白居易集笺校》云："微之原诗乃其至江陵后追忆少日风流事迹及感叹韦丛早逝所作，与其所撰之《莺莺传》互为表里，足以参证。陈寅恪《元白诗笺证稿》据唐人'会仙'及缔婚高门甲族之风尚，谓莺莺出身微贱，为微之所弃，此一始乱终弃之劣行亦见诸于当时社会，其论极为精辟。今视元、白之诗意，俱以一梦取譬于莺莺之姻缘，而视为不足道，盖亦见陈氏所论之不诬。"

明人陈天定《古今小品》评价此文："水穷云起，是我辈顶门针，不可使知，不可使不知，二语堪一涕。"

燕子楼诗序

徐州故张尚书①有爱妓曰盻盻②，善歌舞，雅多风态。予为校书郎时，游徐、泗间。张尚书宴予，酒酣，出盻盻以佐欢，欢甚。予因赠诗云："醉娇胜不得，风袅牡丹花。"一欢③而去，迨后绝不相闻，迨兹仅一纪矣。

昨日，司勋员外郎张仲素缋之④访予，因吟新诗，有《燕子楼》三首，词甚婉丽。诘其由，为盻盻作也。缋之从事武宁军累年，颇知盻盻始末，云："尚书既殁，归葬东洛。而彭城有张氏旧第，第中有小楼，名燕子。盻盻念旧爱而不嫁，居是楼十余年，幽独块然，于今尚在。"

予爱缋之新咏，感彭城旧游，因同其题，作三绝句。

【注释】

①张尚书：即张建封，唐朝中期名臣、诗人，贞元

十六年（800）去世。一说此张尚书为张建封之子张愔。

②眄眄：汪本、《全唐诗》作"盼盼"。"眄"与"盼"，宋人版刻常混淆。

③一欢：那波本、马本、《唐音统签》、汪本作"尽欢"。

④张仲素缋之：张仲素（769~819），字缋之。郡望河间（今河北任丘）人。贞元十四年（798）登进士第。复登博学宏词科。贞元十七年（801）入徐州节度使张愔幕。元和七年（812）由屯田员外郎迁考判官。同年转礼部员外郎。九年改司勋员外郎。十三年正月，加司封郎中知制诰。十四年三月，迁中书舍人。是年冬卒。仲素工诗善文，尤精赋作。《唐才子传》卷五谓："仲素能属文，法度严确。……善诗，多警句，尤精乐府。"元和中张仲素与王涯、令狐楚均为中书舍人，所作乐府诗编为《三舍人集》，今存。

【赏读】

本文作于元和十年（815），长安。

宋代张君房《丽情集》之《燕子楼》云："张建封仆射节制武宁，舞妓盼盼，仆射纳之于燕子楼。白乐天使经徐，与诗曰：'醉娇无气力，风袅牡丹花。'公薨，盼盼誓不他适，多以诗代问答。有诗近三百首，名《燕子楼集》。

尝作三诗云：'楼上残灯伴晓霜，独眠人起合欢床。相思一夜情多少，地角天涯不是长。''北邙松柏锁愁烟，燕子楼人思悄然。自埋剑履歌尘散，红袖香消一十年。''适看鸿雁岳阳回，又睹玄禽过社来。瑶瑟玉箫无意绪，任从蛛网任从灰。'乐天和曰……"白居易所"和"即此三绝句："满窗明月满帘霜，被冷灯残拂卧床。燕子楼中霜月夜，秋来只为一人长。""钿晕罗衫色似烟，几回欲着即潸然。自从不舞霓裳曲，叠在空箱十一年。""今春有客洛阳回，曾到尚书墓上来。见说白杨堪作柱，争教红粉不成灰？"

白居易做校书郎是在贞元十九年到元和元年（803～806），而张建封则已于贞元十六年（800）去世，白居易不可能在做校书郎时与其相遇。而张建封的儿子张愔曾任武宁军节度使、检校工部尚书，最后又被任命为兵部尚书，但没有到任就死了。据此，许多学者都认为张尚书是指张愔。

宋代苏轼有词《永遇乐》咏盼盼事，其小序云："彭城夜宿燕子楼，梦盼盼，因作此词。"词曰："……燕子楼空，佳人何在，空锁楼中燕。古今如梦，何曾梦觉，但有旧欢新怨。异时对，黄楼夜景，为余浩叹。"将历史与现实联系，将自身仕宦的倦怀，比照眼前人去楼空之渺茫，古今如梦的沧桑之感，沛然而生。人生所遇，无论如何执着，终将事过而境迁，转头想来，真似一梦。

放言诗序

　　元九在江陵时，有《放言》①长句诗五首，韵高而体律，意古而词新。予每咏之，甚觉有味，虽前辈深于诗者，未有此作。唯李颀有云："济水至清河自浊，周公大圣接舆狂。"②斯句近之矣。予出佐浔阳，未届所任③，舟中多暇，江上独吟，因缀五篇，以续其意耳。

【注释】

　　①《放言》：即元稹《放言五首》，见《元稹集》卷十八。长句诗，即七言诗。放言，放纵其言，不受拘束。《后汉书·荀韩钟陈传论》："汉自中世以下，阉竖擅恣，故俗遂以遁身矫洁放言为高。"

　　②"唯李颀有云"及以下二句：李颀，唐代诗4人，诗以写边塞题材知名于时，风格豪放，慷慨悲凉，七言歌行尤具特色。李颀《杂兴》云："济水自清河自浊，周公大圣接舆狂。千年魑魅逢华表，九日茱萸作佩囊。善

恶死生齐一贯，只应斗酒任苍苍。"

③未届所任：尚未到达任职所在地。

【赏读】

七律《放言五首》是白居易的一组政治抒情诗。据序文可知，是宪宗元和十年（815）白居易被贬后，由长安赴江州途中所作。

元和五年（810），白居易的好友元稹因得罪了权贵，被贬为江陵士曹参军。元稹在江陵期间，写了《放言五首》表达自己的心情。五年后的元和十年（815）六月，白居易因上书急请追捕刺杀宰相武元衡的凶手，遭当权者忌恨，被贬为江州司马。白居易在贬官途中，亦写下《放言五首》奉和元稹之诗。

白居易《放言五首》云：

其一

朝真暮伪何人辨，古往今来底事无？

但爱臧生能诈圣，可知宁子解佯愚？

草萤有耀终非火，荷露虽团岂是珠？

不取燔柴兼照乘，可怜光彩亦何殊？

其二

世途倚伏都无定，尘网牵缠卒未休。

祸福回还车转毂，荣枯反复手藏钩。

龟灵未免刳肠患，马失应无折足忧。

不信君看弈棋者，输赢须待局终头。

其三

赠君一法决狐疑，不用钻龟与祝蓍。

试玉要烧三日满，辨材须待七年期。

周公恐惧流言日，王莽谦恭未篡时。

向使当初身便死，一生真伪复谁知？

其四

谁家第宅成还破，何处亲宾哭复歌？

昨日屋头堪炙手，今朝门外好张罗。

北邙未省留闲地，东海何曾有定波？

莫笑贱贫夸富贵，共成枯骨两如何？

其五

泰山不要欺毫末，颜子无心羡老彭。

松树千年终是朽，槿花一日自为荣。

何须恋世常忧死，亦莫嫌身漫厌生。

生去死来都是幻，幻人哀乐系何情？

　　这组诗就社会人生的真伪、祸福、贵贱、贫富、生死诸问题纵抒己见，宣泄对当时朝政的不满和对自身遭遇的愤愤不平。

　　元稹亦有《放言五首》，作于元和五年（810）至九年（814）任江陵府士曹参军期间。

其一

近来逢酒便高歌，醉舞诗狂渐欲魔。

五斗解酲犹恨少，十分飞盏未嫌多。

眼前仇敌都休问，身外功名一任他。

死是等闲生也得，拟将何事奈吾何。

其二

莫将心事厌长沙，云到何方不是家。

酒熟餔糟学渔父，饭来开口似神鸦。

竹枝待凤千茎直，柳树迎风一向斜。

总被天公沾雨露，等头成长尽生涯。

其三

霆轰电烻数声频，不奈狂夫不藉身。

纵使被雷烧作烬，宁殊埋骨扬为尘。

得成蝴蝶寻花树，倪化江鱼掉锦鳞。

必若乘龙在诸处，何须惊动自来人。

其四

安得心源处处安，何劳终日望林峦。

玉英惟向火中冷，莲叶元来水上干。

宁戚饭牛图底事，陆通歌凤也无端。

孙登不语启期乐，各自当情各自欢。

其五

三十年来世上行，也曾狂走趁浮名。

两回左降须知命，数度登朝何处荣。

乞我杯中松叶满，遮渠肘上柳枝生。

他时定葬烧缸地，卖与人家得酒盛。

题诗屏序

十二年冬，微之犹滞通州①，予亦未离湓上②，相去万里，不见三年，郁郁相念，多以吟咏自解。前后辱微之寄示之什，殆数百篇，虽藏于箧中，永以为好，不若置之座右，如见所思。由是掇律句中短小丽绝者，凡一百首，手自题录，合为一屏。举目会心，参若其人在于前矣。前辈作事，多出偶然。则安知此屏，不为好事者所传，异日作九江一故事尔？因题绝句，聊以奖之。

相忆采君诗作障，自书自勘不辞劳。

障成定被人争写，从此南中③纸价高。

【注释】

①通州：今四川达州。元稹元和十年（815）三月移任通州司马。

②湓上：即江西九江。白居易于元和十年（815）被贬为江州司马。

③南中：蜀之南中诸郡。《华阳国志》："南中在昔盖

夷越之地，滇濮、句町、夜郎、叶榆、桐师、巂唐侯王
国以十数。"

【赏读】

本文作于元和十二年（817），白居易时任江州司马。
文题一作《题诗屏风绝句并序》。

唐代以前，已经有题诗于石壁、墙壁、屏风的事情，
但还没有形成风气，虽然作者可能已有借此作为诗歌传
播手段的意图，但是在当时仍未成为诗歌传播的重要方
式。到了唐代，题壁之类的行为逐渐蔚为风尚，对唐诗
的传播、流行与兴盛，产生了重大的影响。

元和十二年，通州司马元稹自兴元返通州途中，经
过阆州，撰有《阆州开元寺壁题乐天诗》诗云："忆君无
计写君诗，写尽千行说向谁？题在阆州东寺壁，几时知
是见君时。"开元寺，《唐会要》载："天授元年十月二
十九日，两京及天下诸州，各置大云寺一所。开元二十
六年六月一日，并改为开元寺。"

投桃报李，白居易以《答微之》为酬，序云："微之
于阆州西寺，手题予诗。予又以微之百篇，题此屏上。
各以绝句，相报答之。"诗曰："君写我诗盈寺壁，我题
君句满屏风。与君相遇知何处，两叶浮萍大海中。"

木莲花诗序

木莲树生巴、峡山谷间，巴民亦呼为黄心树，大者高五丈，涉冬不凋，身如青杨，有白文^①，叶如桂，厚大无脊，花如莲，香色艳腻，皆同。独房蕊有异，四月初始开，自开迨谢，仅二十日。忠州西北十里有鸣玉溪^②生者，秾茂尤异。

元和十四年夏，命道士毌丘元志写，惜其遐僻，因题三绝句云。

【注释】

①文：指树干上的纹路。文，通“纹”。

②鸣玉溪：《太平寰宇记》卷一四九“忠州”：“鸣玉溪在州西十里，上有悬岩瀑布，高五十余丈，潭洞幽邃，古木苍然。”《清一统志》之“忠州”：“木莲洞在州西北五里鸣玉溪滨，地产木莲树，巴人呼为黄心木。白居易有诗。”

【赏读】

本文作于元和十五年（820），忠州。

陆游《老学庵笔记》云："白乐天有《忠州木莲》诗。予游临邛白鹤山寺，佛殿前有两株，其高数丈，叶坚厚如桂，以仲夏发花，状如芙蕖，香亦酷似。寺僧云，花坼时有声如破竹。然一郡止此二株，不知何自至也。成都多奇花，亦未尝见。"或说即木兰。李时珍《本草纲目》之木兰："释名：杜兰，林兰，木莲，黄心。时珍曰：其香如兰，其花如莲，故名。其木心黄，故曰黄心。"

清人宋俊《柳亭诗话》"黄心树"一则云："忠州鸣玉溪，有花如莲，叶似桂，四月初开，土人呼为黄心树。白香山为刺史，见而咏之曰：'如折芙蓉栽旱地，似抛芍药挂高枝。云埋水隔无人识，唯有南宾太守知。'或谓即木莲花也。陆放翁《老学庵笔记》云：临邛白鹤寺有之。周濂溪诗曰：'枝悬缟带垂金弹，瓣落苍苔坠玉杯。'盖纯白也。黄山云谷寺亦有此花。余友铁公绘以为图，见示于武林。方虞臣谓即西域之宝檀花。"

附白居易《木莲花诗》三绝句：

其一

如折芙蓉栽旱地，似抛芍药挂高枝。

云埋水隔无人识，唯有南宾太守知。

其二

红似燕支腻如粉，伤心好物不须臾。

山中风起无时节，明日重来得在无？

其三

已愁花落荒岩底，复恨根生乱石间。

几度欲移移不得，天教抛掷在深山。

其第三首，显然是感慨身世，以木莲自比。

因继集重序

　　去年，微之取予《长庆集》中诗未对答者五十七首追和之，合一百一十四首寄来，题为《因继集》卷之一。（"因继"之解，具微之前序中。）今年，予复①以近诗五十首寄去，微之不逾月依韵尽和，合一百首又寄来，题为《因继集》卷之二，卷末批云："更拣好者寄来。"盖示余勇，磨砺以须②我耳。

　　予不敢退舍③，即日又收拾新作格律共五十首寄去，虽不得好，且以供命。夫文犹战也，一鼓作气，再而衰，三而竭。微之转战，迨兹三矣，即不知百胜之术，多多益办④耶？抑又不知鼓衰气竭，自此为迁延之役耶？进退唯命。微之微之，走与足下和答之多，从古未有。

　　足下虽少我六七年，然俱已白头矣，竟不能舍章句，抛笔砚，何癖习如此之甚欤？而又未忘少年时心，每因唱酬，或相侮谑，忽忽自哂，况他人乎？《因继集》卷且止于三可也。忽恐足下懒发，不能成就至三，前言戏之者，姑为巾帼之挑耳。然此一战后，师亦老矣，宜其橐弓匣刃，彼此与心休息乎？《和晨兴》⑤一章，录在别纸。语尽于此，亦不修书。

二年十月十五日，乐天重序⑥。

【注释】

①予复：绍兴本、那波本作"复予"，据他本改。

②磨砺以须：磨快刀子等待。比喻做好准备，待时而动。

③退舍：退却，退避。《左传》僖公三十三年："子若欲战，则吾退舍。"

④益办：那波本、《文苑英华》、马本作"益辨"。卢校："办、辨古亦通。"

⑤《和晨兴》：即白居易《和微之诗二十三首》之一《和晨兴因报问龟儿》。

⑥重序：此下《文苑英华》有"复以诗"三字，校："京本作复以近诗。"

【赏读】

本文作于大和二年（828），长安。

《白氏文集》卷二十二《和微之诗二十三首》序云："微之又以近作二十三首寄来，命仆继和。……况曩者唱酬，近来因继，已十六卷，凡千余首矣。其为敌也，当今不见。其为多也，从古未闻。所谓天下英雄，唯使君与操耳。"《白氏文集后记》又云："又有《元白唱和因继集》共十七卷，《刘白唱和集》五卷，《洛下游赏宴集》十卷。其文尽在大集内录出，别行于时。"可知《元白唱和因继集》最后编定为十七卷。元稹《因继集》前序今佚，"因继"之义亦可于居易"近来因继"之语略见。

故京兆元少尹[①]文集序

　　天地间有粹灵气焉，万类皆得之，而人居多。就人中，文人得之又居多。盖是气凝为性，发为志，散为文。粹胜灵者，其文冲以恬；灵胜粹者，其文宣以秀；粹灵均者，其文蔚温雅渊，疏朗丽则，检不扼，达不放，古常[②]而不鄙，新奇而不怪。吾友居敬之文，其殆庶几乎？

　　居敬姓元名宗简，河南人，自举进士，历御史府、尚书郎，讫京兆亚尹，凡二十年[③]著格诗[④]一百八十五、律诗五百九、赋述铭记书碣赞序七十五，总七百六十九章，合三十卷。

　　长庆三年冬，疾弥留[⑤]，将启手足，无他语，语其子途云："吾平生酷嗜诗，白乐天知我者，我殁，其遗文得乐天为之序，无恨矣。"既而途奉理命，号而告予。

　　无几何，会予自中书舍人出牧杭州，岁余改右庶子，移疾东洛，明年复刺苏州，四年间三换官，往复奔命，不啻万里，席不遑暖，矧笔砚乎？故所托文，久未果就。

及刺苏州，又剧郡⑥治数月，政方暇，因发箧帙，睹居敬所著文集，其间与予唱和者数十首，烛下讽读，慛恻⑦久之，恍然疑居敬在傍，不知其一生一死也。遂援笔草序，序成复视，涕与翰俱，悲且吟曰："黄壤讵知我，白头徒念君。唯将老年泪，一洒故人文。"重曰："遗文三十轴，轴轴金玉声。龙门原上土，埋骨不埋名。"

呜呼居敬！若职业之恭慎，居处之庄洁，操行之贞端，襟灵之旷淡，骨月之敦爱，丘园之安乐，山水风月之趣，琴酒啸咏之态，与人久要，遇物多情，皆在章句中，开卷而尽可知也，故不序。

时宝历元年冬十二月乙酉夕，在吴郡西园北斋东牖下作序。

【注释】

①京兆元少尹：即元宗简，字居敬，洛阳（今属河南）人。唐穆宗时，任京兆少尹。嗜诗工文，与白居易、元稹、张籍善。临终时请白居易为其文集作序。

②古常：马本作"古淡"。

③凡二十年：绍兴本等无"凡"字，据那波本、金

泽本、管见抄本补。《文苑英华》作"凡二十八年"。

④格诗：一种诗体名称。就广义言之，格与律对言，格诗即今所谓古体诗，律诗即今所谓近体诗；就狭义言之，格诗即古调诗，亦即五言古诗。

⑤疾弥留：《文苑英华》其上有"遭"字。遭，遇，遭遇。

⑥剧郡：指大郡，政务繁剧的州郡。

⑦憯恻（cǎn cè）：悲痛。

【赏读】

本文作于宝历元年（825）冬十二月，苏州。文题在《文苑英华》中无"故"字。

元少尹，即元宗简。《元和姓纂》卷四之"元"："液，怀州刺史，生铜、铦。铦生宗简。"周复《唐故扬州高邮县河南元君墓志铭》："君讳邈，……父宗简，皇京兆少尹。擢进士第，文称居其最。诗句精丽，传咏当代。虽步台阁，播流芬芳。君即公之第四子。"

白居易后期的诗歌创作，逐渐淡化功利性，这与他的创作主旨由兼济之志转向独善之心是一致的，与他创作题材由讽喻规刺向吟咏性情的过渡也是一致的。随着这一转变，白居易诗论中的政治教化主题逐步让位于闲情逸趣，创作心态也由严肃郑重趋向随感而发。白居易这一心态的转变，在元和七年（812）他退居渭上前后的诗作中，有许多明显的表现。其中闲适诗《适意两首》最有代表性，其中有诗句："一朝归渭上，泛如不系舟。置心世事外，无喜亦无忧。终日一蔬食，终年一布裘。寒来弥懒放，数日一梳头。朝睡足始起，夜酌醉即休。人心不过适，适外复何求。"从此，白居易的审美趣味更趋向闲适之情，粹灵之气，清幽之境，即《故京兆元少尹文集序》所谓："粹胜灵者，其文冲以恬；灵胜粹者，其文宣以秀；粹灵均者，其文蔚温雅渊，疏朗丽则，检不扼，达不放，古常而不鄙，新奇而不怪。"

序洛诗

序洛诗，乐天自序在洛之诗也。予历览古今歌诗[1]，自风骚之后，苏李以还（李陵、苏武始为五言诗），次及鲍谢徒，迄于李杜辈，其间词人闻知者累百，诗章流传者巨万，观其所自，多因谗冤谴逐、征戍行旅、冻馁病老、存殁别离，情发于中，文形于外，故愤忧怨伤之作，通计今古，什八九焉。世所谓文士多数奇[2]，诗人尤命薄，于斯见矣。

又有以知理安之世少，离乱之时多，亦明矣。予不佞，喜文嗜诗，自幼及老，著诗数千首。以其多也，故章句在人口，姓字落诗流，虽才不逮古人，然所作不啻数千首，以其多矣，作一数奇命薄之士，亦有余矣。今寿过耳顺[3]，幸无病苦，官至三品，免罹饥寒，此一乐也。

太和二年诏授刑部侍郎，明年病免归洛，旋授太子宾客分司东都，居二年，就领河南尹事，又三年，病免归履道里第，再授宾客分司。自三年春至八年夏，在洛凡五周岁，作诗四百三十二首，除丧朋、哭子④十数篇外，其他皆寄怀于酒，或取意于琴，闲适有余，醄乐不暇，苦词无一字，忧叹无一声，岂牵强所能致耶，盖亦发中而形外耳。

斯乐也，实本之于省分知足，济之以家给身闲，文之以觞咏弦歌，饰之以山水风月。此而不适，何往而适哉？兹又以重吾乐也。予尝云："理世之音安以乐，闲居之诗泰以适。"苟非理世，安得闲居？故集洛诗，别为序引。不独记东都履道里有闲居泰适之叟，亦欲知皇唐太和岁有理世安乐之音，集而序之⑤，以俟夫采诗者。

甲寅岁七月十日云尔。

【注释】

①歌诗：马本作"歌咏"。

②数奇（shù jī）：指命运不好，遇事多不利。

③耳顺：语出《论语·为政》："六十而耳顺。"后以"耳顺"为六十岁的代称。六十岁也可称花甲。

④哭子：白居易有《哭崔儿》《初丧崔儿报微之晦叔》。

⑤集而序之：管见抄本此下有"藏唐龙门香山寺院"八字。

【赏读】

本文作于大和八年（834），洛阳。这一年，白居易搜集自己自大和三年以来在洛阳所创作的诗歌，共得432首，辑为一册；这是白居易"洛中诗"最早的一个集子。

本文中说"世所谓文士多数奇，诗人尤命薄，于斯见矣"，提出古往今来文士与诗人往往数奇或命薄的命题，这一说法时见前人诗文。例如，陆云《失题》："安得达人，顾予命薄。"卢照邻《悲才难》："若乃贾长沙之数奇，崔亭伯之不偶。"杜甫《天末怀李白》："文章憎命达，魑魅喜人过。"韩愈《荆潭唱和诗序》："夫和平之音淡薄，而愁思之声要妙，欢愉之词难工，而穷苦之言易好。"

白居易自己也多次对这一命题有所论说，例如《答刘和州禹锡》："不教才展休明代，为罚诗争造化功。"《与元九书》："况诗人多蹇，如陈子昂、杜甫，各授一拾遗，而迍剥至死。李白、孟浩然辈不及一命，穷悴终身。"又云："何有志于诗者，不利若此之甚耶？"又《李白墓》："但是诗人多薄命，就中沦落不过君。"又《诗酒琴人例多薄命予酷好三事雅当此科而所得已多为幸斯甚偶成狂咏聊写愧怀》："爱琴爱酒爱诗客，多贱多穷多苦辛。中散步兵终不贵，孟郊张籍过于贫。一之已叹关于命，三者何堪并在身。"

经反复申说，诗人穷薄竟成一时说辞。王谠《唐语林》："文宗好五言诗，品格与肃、代、宪宗同，而古调尤清峻。尝欲置诗学士七十二员，学士中有荐人姓名者，宰相杨嗣复曰：'今之能诗，无若宾客分司刘禹锡。'上无言。李珏奏曰：'当今起置诗学士，名稍不嘉。况诗人多穷薄之士，昧于识理。今翰林学士皆有文词，陛下得以览古今作者，可怡悦其间。有疑，顾问学士可也。'"李珏论诗人多昧于识理，自是偏见，而穷薄之议，则颇有同调，如程大昌《考古编》"诗穷乃工"一则云："白乐天题李杜诗卷，历叙二公流落而诗名动四夷者，末乃曰：'天意君须会，人间要好诗。'此欧公所谓'非诗穷人，穷而后工者'也。"苏轼《病中大雪数日未尝起观虢令赵荐以诗相属戏用其韵答之》："诗人例穷蹇，秀句出寒饿。"又《次韵李公择梅花》："诗人固长贫，日午饥未动。"

刘白唱和集解

彭城刘梦得，诗豪者也，其锋森然，少敢当者。予不量力，往往犯之。夫合应者声同，交争者力敌，一往一复，欲罢不能。由是每制一篇，先相视草，视竟则兴作，兴作则文成。一二年来，日寻笔砚，同和赠答，不觉滋多。

至太和三年春，以前纸墨所存者，凡一百三十八首。其余乘兴扶醉，率然口号者，不在此数。因命小侄龟儿编录，勒成两卷，仍写二本，一付龟儿，一授梦得小儿崙郎[①]，各令收藏，附两家集。

予顷以元微之唱和颇多，或在人口，常戏微之云："仆与足下，二十年来为文友诗敌，幸也，亦不幸也。吟咏情性，播扬名声，其适遗形，其乐忘老，幸也；然江南士女，语才子者，多云元白，以子之故，使仆不得独步于吴越间，亦不幸也。"今垂老复遇梦得，得非重不幸耶？

梦得梦得，文之神妙，莫先于诗。若妙与神，则吾岂敢？如梦得"雪里高山头白早，海中仙果子生迟"、"沉舟侧畔千帆过，病树前头万木春"②之句之类，真谓神妙，在在处处，应当有灵物护之，岂唯两家子侄秘藏而已。

己酉岁三月五日，乐天解。

【注释】

①崟郎：刘禹锡《名子说》："长子曰咸允，字信臣。次曰同廙，字敬臣。"柳宗元有《殷贤戏批书后寄刘连州并示孟崟二童》。孟郎当是禹锡长子咸允之乳名，崟郎当是次子同廙之乳名。

②"雪里高山"四句：指刘禹锡《苏州白舍人寄新诗有叹早白无儿之句因以赠之》《酬乐天扬州初逢席上见赠》二诗中之句。居易此评，颇招异议。《苕溪渔隐丛话》前集卷二十引《隐居诗话》："若白居易殊不善评诗……又称刘禹锡'雪里高山头白早，海中仙果子生迟'、'沉舟侧畔千帆过，病树前头万木春'，此皆常语也，禹锡自有可称之句甚多，顾不能知之耳。"然亦有为居易辩护者。赵执信《谈龙录》："诗人贵知学，尤贵知道。东坡论少陵诗外尚有事在，是也。刘宾客诗云：'沉舟侧畔千帆过，病树前头万木春。'有道之言也。白傅极

推之。"

【赏读】

本文作于大和三年（829），长安。

白居易《与刘苏州书》："仆与阁下在长安时，合所著诗数百首，题为《刘白唱和集》卷上下。"《白氏文集后记》："又有《元白唱和因继集》共十七卷，《刘白唱和集》五卷。"可见后来又有增编。

刘禹锡与白居易同年而生，惺惺相惜，二人晚年交游、唱和甚密。从刘白唱和集看，二人交游始于元和五年（810），翰林学士白居易将诗作百篇寄给被贬为朗州司马的刘禹锡，元稹也是在这一年开始与刘禹锡唱和，白主动寄诗当因元稹之介。刘禹锡答以《翰林白二十二学士见寄诗一百篇因以答贶》："吟君遗我百篇诗，使我独坐形神驰。玉琴清夜人不语，琪树春朝风正吹。郢人斤斫无痕迹，仙人衣裳弃刀尺。世人方内欲相寻，行尽四维无处觅。"此诗收入《刘宾客文集》外集卷一，为压卷之作。

刘白大规模的唱和始于宝历年间。宝历元年（825）春刘禹锡在和州作《春日书怀寄东洛白二十二杨八二庶子》："曾向空门学坐禅，如今万事尽忘筌。眼前名利同春梦，醉里风情敌少年。野草芳菲红锦地，游丝撩乱碧罗天。心知洛下闲才子，不作诗魔即酒颠。"从中可见他对洛中白居易的诗酒生活极为了解，诗风亦与白颇似。

宝历二年（826），刘禹锡卸任和州刺史，经扬州回洛阳，与自苏州北归的白居易相逢于扬子津，一见如故。白居易作《醉赠刘二十八使君》："为我引杯添酒饮，与君把箸击盘歌。诗称国手徒为尔，命压人头不奈何。举眼风光长寂寞，满朝官职独蹉跎。亦知合被才名折，二十三年折太多。"刘禹锡答以《酬乐天扬州初逢席上见赠》："巴山楚水凄凉地，二十三年弃置身。怀旧空吟闻笛赋，到乡翻似烂柯人。沉舟侧畔千帆过，病树前头万木春。今日听君歌一曲，暂凭杯酒长精神。"刘诗回赠接过白诗话头，既抒写出那一特定环境中的感情，又蕴含着贬官二十多年后回乡的深沉感叹。那一年两人都是五十五岁，回顾贞元十九年癸未（803），他们都是三十二岁，禹锡在京官监察御史，居易职为校书郎，住常乐里。二十三年过去，难免唏嘘慨叹。

《刘白唱和集》共 137 组唱和诗作，其浩博堪称诗史一大奇观。因此，二人生前曾并称"刘白"，所谓"四海齐名白与刘"。而在他们身后，这一齐名状态则不复存在。在晚唐张为的《诗人主客图》中，认为白居易为广大教化派之主，刘禹锡为瑰奇美丽派之上入室。尽管也有人曾推崇刘禹锡，说"元和以后，诗人之全集可观者数家，当以刘禹锡为第一。其诗入选及人所脍炙，不下百首矣"。（杨慎《升庵诗话》）但二人名家与大家之别，今日已成公认。

分析后世刘白二人高下的形成史，约有两派。一派认为刘不及白。清人赵骏烈《刘宾客诗集序》云："元和、长庆诸公，与香山唱和齐名者，刘宾客为称首。……大约刘之比白，边幅稍狭，而精诣未之或逊。"余成教《石园诗话》云："刘固诗豪，白乃诗仙。……在当时则刘白齐名，日久论定，刘终不能逾白也。"

另一派认为白不及刘。元人方回在《瀛奎律髓》中说："刘梦得诗格高在元白之上，长庆以后诗人皆不能及。"沈德潜《说诗晬语》云："大历十子后，刘梦得骨干气魄，似又高于随州，人与乐天并称，缘刘、白有唱和集耳。白之浅易，未可同日语也。"《四库全书总目·刘宾客文集提要》云："其诗则含蓄不足，而精锐有余。气骨亦在元白上，均可与杜牧相颉颃，而诗尤矫出。"

今天看来，正如瞿蜕园《刘禹锡集笺证·刘禹锡交游录》所云："元、白、刘三人同开元和新派，各成壁垒。而居易能知人，能服善，此所以得广大教主之称欤！"

卷三　书体之文

浔阳腊月，江风苦寒，岁暮鲜欢，

夜长无睡，

引笔铺纸，悄然灯前。

与陈给事①书

　　正月日，乡贡进士白居易谨遣家僮奉书献于给事阁下：伏以给事门屏间请谒者如林，献书者如云，多则多矣。然听其辞，一辞也；观其意，一意也。何者？率不过有望于吹嘘翦拂②耳。居易则不然。今所以不请谒而奉书者，但欲贡所诚、质所疑而已，非如众士有求于吹嘘翦拂也。给事得不独为之少留意乎？

　　大凡自号为进士者，无贤不肖皆欲求一第，成一名，非居易之独慕耳。既慕之，所以窃③不自察，尝勤苦学文，迨今十年，始获一贡。每见进士之中，有一举而中第者，则欲勉狂简而进焉。又见有十举而不第者，则欲引驽钝而退焉。进退之宜，固昭昭矣，而愚者④自惑于趣舍⑤，何哉？夫蕴奇挺⑥之才，亦不自保其必胜。而一上得第者，非他也，是主司之明也。抱琐细之才，亦不自知其妄动，而十上下第者，亦非他也，是主司之明。岂非知人易而自知难耶？

　　伏以给事天下文宗，当代精鉴，故不揣浅陋，敢布腹心。居易鄙人也，上无朝廷附离之援，次无乡曲吹煦之誉。然则孰为而来哉？盖所仗者文章耳，所望者主司至公耳。今礼部高侍郎⑦为主司，则至公矣。而居易之文章可进也，可退也，窃⑧不自知之，欲以进退之疑取决于给事，给事其能舍之乎？居易闻神蓍灵龟者无常心，苟叩之者不以诚则已；若以诚叩之，必以信告之，无贵贱、无大小，而无不之⑨应也。今给事鉴如水镜，言为蓍龟⑩，邦家大事，咸取决于给事，岂独遗其微小乎？

　　谨献杂文二十首，诗一百首，伏愿俯察悃诚⑪，不遗贱小，退公之暇，赐精鉴之一加焉。可与进也，乞诸一言，小子则磨铅策蹇⑫，骋力于进取矣。不可进也，亦乞诸一言，小子则息机敛迹⑬，甘心于退藏矣。进退之心交争于胸中者有日矣。幸一言以蔽之，旬日之间，敢伫报命。尘秽听览，若夺气褫魄⑭之为者，不宣。

　　居易谨再拜。

【注释】

　　①陈给事：即陈京，字庆复，唐代京兆万年（今陕西西安）人。大历六年（771）进士，贞元十五年（799）任给事中。给事中，在唐代是门下省的重要官员。

②翦拂：比喻对人才的赞扬、提携。

③窃：绍兴本等作"切"，据《文苑英华》改。

④愚者：绍兴本等作"遇者"，据《文苑英华》改。

⑤趣舍：《文苑英华》作"取舍"。

⑥奇挺：奇异挺拔，奇异超群。

⑦礼部高侍郎：即高郢，字公楚，渤海蓨县（今河北景县）人，出身京兆高氏。宝应初年登进士第。累迁刑部郎中，改中书舍人，后以礼部侍郎知贡举，拜太常卿。贞元十六年（800）二月十四日，居易在中书舍人高郢放第二榜时以第四人登进士第。

⑧窃：绍兴本等作"切"，据《文苑英华》改。

⑨而无不之：绍兴本等无"无"字，据天海本补。

⑩蓍龟：古人以蓍草与龟甲占卜凶吉，因以指占卜。后来也比喻德高望重的人。

⑪悃（kǔn）诚：至诚，忠诚。汉刘向《九叹·愍命》："亲忠正之悃诚兮，招贞良与明智。"

⑫磨铅策蹇：磨钝刀，鞭蹇驴。比喻勉力而为。

⑬敛迹：原意是收敛形迹，谓有所顾忌而不敢放肆。这里指隐藏、躲避。

⑭褫（chǐ）魄：夺去魂魄。褫，本义为脱下衣服，引申为剥夺。张衡《东京赋》："闷然若醒，朝罢夕倦，夺气褫魄之为者。"

【赏读】

本文作于贞元十六年（800），长安。文题在《文苑英华》中作"上陈给事书"。

陈给事，即陈京，传见《新唐书·儒学传》。柳宗元《唐故秘书少监陈公行状》："五代祖某陈宜都王。……公姓陈氏，自颍川来，隶京兆万年胄贵里，讳京。既冠，字曰庆复。举进士，为太子正字、咸阳尉、太常博士、左补阙、尚书膳部考功员外郎、司封郎中、给事中、秘书少监。自考功以来，凡四命为集贤学士。"白居易《襄州别驾府君事状》云："夫人颍川陈氏，陈朝宜都之后。"陈京为南朝陈宜都王叔明五世孙，白居易母亦为陈宜都之后，或与陈京同族，故居易初到长安便投书于陈京。白居易《与陈给事书》篇首"乡贡进士白居易谨遣家僮奉书献于给事阁下"之口吻，正与其时身份相合。

韩愈也有《与陈给事书》，韩愈之文因入选《古文观止》，而知名度颇高，可与此文共读。韩愈叙述了自己与陈京交往和疏远的原因，希望与对方恢复交往，并请其代为引荐。信中处处自贬自责，表现了韩愈诚惶诚恐的心态；同时，在字里行间又微微透露出其不甘低眉俯首的慷慨情态。正如《古文观止》所评："一路顿挫跌宕，波澜层叠，姿态横生，笔笔入妙。"

　　给事中一职，为门下省之要职，掌侍从左右，驳正政令之违失。其位颇尊，其职显耀，往往由是拜相。当年给事陈京若不是突染狂疾，也许就能成为宰相了。中唐两大诗派领袖韩白二人之关系一向微妙，却在贞元末年不约而同地致书于同一位陈给事，尽管心态、口吻各异，但这一巧合颇值得玩味。

与元九书

月日，居易白。微之①足下：

自足下谪江陵至于今②，凡杜赠答诗仅百篇③。每诗来，或辱序，或辱书，冠于卷首，皆所以陈古今歌诗之义，且自叙为文因缘，与年月之远近也。仆既受足下诗，又谕足下此意，常欲承答来旨，粗论歌诗大端，并自述为文之意，总为一书，致足下前。累岁已来，牵故少暇，间有容隙，或欲为之；又自思所陈，亦无出足下之见，临纸复罢者数四，卒不能成就其志，以至于今。

今俟罪浔阳④，除盥栉食寝外无余事，因览足下去通州日所留新旧文二十六轴⑤，开卷得意，忽如会面，心所畜⑥者，便欲快言，往往自疑，不知相去万里也。既而愤悱之气⑦，思有所泄，遂追就前志，勉为此书。足下幸试为仆留意一省⑧。

夫文尚矣！三才⑨各有文，天之文三光⑩首之，地之文五材⑪首之，人之文六经⑫首之。就六经言，《诗》

又首之。何者？圣人感人心而天下和平。感人心者，莫先乎情，莫始乎言，莫切乎声，莫深乎义。诗者，根情，苗言，华声，实义。上自贤圣，下至愚呆，微及豚鱼，幽及鬼神，群分而气同，形异而情一，未有声入而不应、情交而不感者。

圣人知其然，因其言，经之以六义[13]，缘其声，纬之以五音[14]。音有韵，义有类。韵协则言顺，言顺则声易入；类举则情见，情见则感易交。于是乎孕大含深，贯微洞密，上下通而一气泰，忧乐合而百志熙。五帝三皇[15]所以直道而行、垂拱而理[16]者，揭此以为大柄，决此以为大窦[17]也。故闻"元首明、股肱良"之歌，则知虞道昌矣；[18]闻五子洛汭之歌，则知夏政荒矣。[19]言者无罪，闻者足戒。言者闻者，莫不两尽其心焉。

洎周衰秦兴，采诗官废，上不以诗补察时政，下不以歌泄导人情，乃至于谄成之风动，救失之道缺。于时，六义始刓[20]矣。

国风变为骚辞，五言始于苏、李[21]。苏、李，骚人，皆不遇[22]者，各系其志，发而为文。故河梁之句[23]，止于伤别；泽畔之吟[24]，归于怨思。仿徨抑郁，不暇及他耳。然去《诗》未远，梗概尚存：故兴离别，则引双凫一雁"[25]为喻；讽君子小人，则引香草恶鸟[26]为比。虽义类不具，犹得风人之什二三焉。于时六义始缺矣。

晋、宋已还，得者盖寡。以康乐之奥博，多溺于山水；[27]以渊明之高古，偏放于田园。江、鲍[28]之流，又狭于此。如梁鸿《五噫》之例者，百无一二焉。于时六义浸微矣。

陵夷至于梁陈间，率不过嘲风雪、弄花草而已。噫！风雪花草之物，《三百篇》中，岂舍之乎？顾所用何如耳。设如"北风其凉"，假风以刺威虐也；"雨雪霏霏"，因雪以愍征役也；"棠棣之华"，感华以讽兄弟也；"采采芣苢"，美草以乐有子也[29]：皆兴发于此，而义归于彼，反是者可乎哉？然则"余霞散成绮，澄江净如练""离花先委露，别叶乍辞风"之什[30]，丽则丽矣，吾不知其所讽焉。故仆所谓嘲风雪、弄花草而已。于时六义尽去矣。

唐兴二百年，其间诗人不可胜数。所可举者，陈子昂有《感遇》诗二十首，鲍防有《感兴》诗十五首。又诗之豪者，世称李、杜。李之作，才矣！奇矣！人不逮矣！索其风雅比兴，十无一焉。杜诗最多，可传者千余篇，至于贯穿今古，覼缕[31]格律，尽工尽善，又过于李。然撮其《新安吏》《石壕吏》《潼关吏》《塞芦子》《留花门》之章，"朱门酒肉臭，路有冻死骨"之句，亦不过三四十首。杜尚如此，况不逮杜者乎？

仆常痛诗道崩坏，忽忽愤发，或食辍哺，夜辍寝，不量才力，欲扶起之。嗟乎！事有大谬者，又不可一二而言，然亦不能不粗陈于左右。

仆始生六七月时，乳母抱弄于书屏下，有指"无"字、"之"字示仆者，仆虽口未能言，心已默识；后有问此二字者，虽百十其试，而指之不差。则仆宿习之缘，已在文字中矣。及五六岁，便学为诗。九岁，谙识声韵。十五六，始知有进士，苦节读书。二十已来，昼课赋，夜课书，间又课诗，不遑寝息矣。以至于口舌成疮，手肘成胝，既壮而肤革不丰盈，未老而齿发早衰白，瞥瞥然如飞蝇垂珠在眸子中也，动以万数。盖以苦学力文所致，又自悲矣！

家贫多故，二十七方从乡赋；既第之后，虽专于科试，亦不废诗。及授校书郎时，已盈三四百首。或出示交友如足下辈，见皆谓之工；其实未窥作者之域耳。

自登朝来，年齿渐长，阅事渐多，每与人言，多询时务，每读书史，多求理道[32]，始知文章合为时而著，歌诗合为事而作。[33]是时皇帝初即位，宰府有正人，[34]屡降玺书，访人急病。仆当此日，擢在翰林，身是谏官，月请谏纸，启奏之外，有可以救济人病、裨补时阙、而难于指言者，辄咏歌之，欲稍稍递进闻于上。上以广宸聪㉟、副忧勤，次以酬恩奖、塞言责，下以复吾平生之志。岂图志未就而悔已生，言未闻而谤已成矣！

又请为左右终言之。凡闻仆《贺雨》诗㊱，而众口籍籍㊲，已谓非宜矣；闻仆《哭孔戡》诗㊳，众面脉脉，尽不悦矣；闻《秦中吟》㊴，则权豪贵近者相目而变色矣；闻《乐游园》㊵寄足下诗，则执政柄者扼腕矣；闻《宿紫阁村》㊶诗，则握军要者切齿矣。大率如此，不可遍举。不相与者，号为沽名，号为诋讦，号为讪谤；苟相与者，则如牛僧孺之戒㊷焉。乃至骨肉妻孥，皆以我为非也。其不我非者，举世不过三两人。有邓鲂㊸者，见仆诗而喜，无何而鲂死。有唐衢㊹者，见仆诗而泣，未几而衢死。其余则足下。足下又十年来，困踬若此㊺。呜呼！岂六义四始㊻之风，天将破坏，不可支持耶？抑又不知天之意，不欲使下人之病苦闻于上耶？不然，何有志于诗者，不利若此之甚也！

然仆又自思：关东一男子耳，除读书属文外，其他懵然无知。乃至书、画、棋、博，可以接群居之欢者，一无通晓，即其愚拙可知矣。初应进士时，中朝无缌麻之亲㊼，达官无半面之旧，策蹇步于利足之途㊽，张空弮㊾于战文之场。十年之间，三登科第㊿；

名入众耳，迹升清贯，出交贤俊，入侍冕旒，始得名
于文章，终得罪于文章，亦其宜也。

日者又闻亲友间说：礼、吏部举选人，多以仆私
试赋判，传为准的；[51]其余诗句，亦往往在人口中。仆
恧然[52]自愧，不之信也。及再来长安，又闻有军使高霞
寓[53]者，欲娉倡妓，妓大夸曰："我诵得白学士《长恨
歌》，岂同他妓哉？"由是增价。又足下书云：到通州
日，见江馆柱间有题仆诗者，复何人哉？又昨过汉南[54]
日，适遇主人集众乐娱他宾，诸妓见仆来，指而相顾
曰：此是《秦中吟》《长恨歌》主耳。自长安抵江西，
三四千里，凡乡校、佛寺、逆旅、行舟之中，往往有
题仆诗者。士庶、僧徒、孀妇、处女之口，每每有咏
仆诗者。此诚雕虫之戏，不足为多。然今时俗所重，
正在此耳。虽前贤如渊、云[55]者，前辈如李、杜者，亦
未能忘情于其间哉。

古人云："名者公器，不可以多取。"[56]仆是何者？
窃时之名已多。既窃时名，又欲窃时之富贵，使己为
造物者，肯兼与之乎？今之迍穷，理固然也。况诗人
多蹇，如陈子昂、杜甫，各授一拾遗，而迍剥至死。
李白、孟浩然辈，不及一命，穷悴终身。近日孟郊六
十，终试协律。张籍五十，未离一太祝。彼何人哉？
彼何人哉？况仆之才，又不逮彼。今虽谪佐远郡，而

官品至第五，月俸四五万，寒有衣，饥有食，给身之外，施及家人，亦可谓不负白氏之子矣。微之微之！勿念我哉！

仆数月来，检讨囊帙中，得新旧诗，各以类分，分为卷目。自拾遗来，凡所适所感，关于美刺兴比者，又自武德讫元和，因事立题，题为新乐府者，共一百五十首，谓之"讽谕诗"。又或退公独处，或移病闲居，知足保和，吟玩情性者一百首，谓之"闲适诗"。又有事物牵于外，情理动于内，随感遇而形于叹咏者一百首，谓之"感伤诗"。又有五言、七言长句、绝句，自一百韵至两韵者四百余首，谓之"杂律诗"。凡为十五卷，约八百首。异时相见，当尽致于执事。

微之，古人云："穷则独善其身，达则兼济天下。"仆虽不肖，常师此语。大丈夫所守者道，所待者时。时之来也，为云龙为风鹏，勃然突然，陈力以出；时之不来也，为雾豹为冥鸿，寂兮寥兮，奉身而退。进退出处，何往而不自得哉？故仆志在兼济，行在独善，奉而始终之则为道，言而发明之则为诗。谓之"讽谕诗"，兼济之志也；谓之"闲适诗"，独善之义也。故览仆诗，知仆之道焉。其余"杂律诗"，或诱于一时一物，发于一笑一吟，率然成章，非平生所尚者，但以亲朋合散之际，取其释恨佐欢。今铨次之间，未能删去；他时有为我编集斯文者，略之可也。

微之！夫贵耳贱目，荣古陋今，人之大情也。仆不能远征古旧，如近岁韦苏州[57]歌行，才丽之外，颇近兴讽。其五言诗，又高雅闲淡，自成一家之体，今之秉笔者，谁能及之？然当苏州在时，人亦未甚爱重；必待身后，然后人贵之。今仆之诗，人所爱者，悉不过"杂律诗"与《长恨歌》已下耳。时之所重，仆之所轻。至于"讽谕"者，意激而言质；"闲适"者，思淡而词迂：以质合迂，宜人之不爱也。

今所爱者，并世而生，独足下耳。然千百年后，安知复无如足下者出，而知爱我诗哉？故自八九年来，与足下小通则以诗相戒，小穷则以诗相勉，索居则以诗相慰，同处则以诗相娱，知吾罪吾，率以诗也。如今年春游城南时，与足下马上相戏，因各诵新艳小律，不杂他篇。自皇子陂[58]归昭国里[59]，迭吟递唱，不绝声者二十里余。樊、李[60]在傍，无所措口。知我者以为诗仙，不知我者以为诗魔。何则？劳心灵，役声气，连朝接夕，不自知其苦，非魔而何？偶同人当美景，或花时宴罢，或月夜酒酣，一咏一吟，不知老之将至，虽骖鸾鹤、游蓬瀛者之适，无以加于此焉，又非仙而何？微之微之！此吾所以与足下外形骸，脱踪迹，傲轩鼎，轻人寰者，又以此也。

当此之时，足下兴有余力，且欲与仆悉索还往中诗，取其尤长者，如张十八古乐府，李二十新歌行，卢、杨二秘书律诗，窦七、元八绝句，[61]博搜精掇，编而次之，号《元白往还诗集》。众君子得拟议于此者，莫不踊跃欣喜，以为盛事。嗟乎！言未终而足下左转，不数月而仆又继行。心期索然，何日成就？又可为之叹息矣！

又仆尝语足下：凡人为文，私于自是，不忍于割截，或失于繁多，其间妍媸，益又自惑；必待交友有公鉴无姑息者，讨论而削夺之，然后繁简当否，得其中矣。况仆与足下为文，尤患其多。己尚病之，况他人乎？今且各纂诗笔，粗为卷第，待与足下相见日，各出所有，终前志焉。又不知相遇是何年，相见在何地，溘然而至，则如之何？微之微之！知我心哉！

浔阳腊月，江风苦寒，岁暮鲜欢，夜长无睡，引笔铺纸，悄然灯前，有念则书，言无次第，勿以繁杂为倦，且以代一夕之话也。

微之微之！知我心哉！乐天再拜。

【注释】

①微之：白居易的好友元稹的字，元稹，排行第九，也称元九。

②自足下谪江陵至于今：指元稹从元和五年（810）由监察御史贬为江陵（今属湖北）士曹参军到元和十年（815）这段时间。

③仅百篇：百篇之多。唐代"仅"字的用法，有时是"多"的意思，至宋人始用"少"义。

④罪浔阳：元和十年（815），白居易被贬为江州司马。江州治所在今江西九江，也就是浔阳。

⑤"因览"句：元和十年（815）初，元稹被贬为通州司马。通州，今四川达州。

⑥畜：一作"蓄"，存留。

⑦愤悱之气：《论语·述而》："不愤不启，不悱不发。"此处则谓作者无辜遭贬，怀有愤慨不平之气。

⑧省：省察，考虑。

⑨三才：即下文所说的天、地、人。

⑩三光：日、月、星。

⑪五材：即五行，金、木、水、火、土。

⑫六经：儒家以《诗》《书》《礼》《乐》《易》《春秋》为六经，其中《乐》经在汉代以前就亡失了，流传下来的只有"五经"。

⑬六义：《诗经》有风、雅、颂三种体裁及赋、比、兴三种表现手法，合称六义。白居易《读张籍古乐府》："为诗意如何？六义互铺陈；风雅比兴外，未尝著空文。"

⑭五音：也称五声。指古代音乐上的宫、商、角、徵、羽。又指音韵学上区别声韵的喉、舌、齿、唇、牙。

⑮五帝三皇：五帝，指黄帝、颛顼、帝喾、尧、舜。三皇，指燧人氏、伏羲氏、神农氏。古人认为三皇五帝时代是历史的黄金时代。

⑯垂拱而理：意谓不费气力而治理天下。垂拱，垂衣拱手，无为而治。

⑰决此以为大窦：意谓能够依靠诗歌打通群众的心窍。决，打开。窦，孔穴。

⑱"故闻"二句：相传虞舜在位时，天下大治，舜和臣子皋陶作歌唱和，其中有三句说："元首明哉！股肱良哉！庶事康哉！"（见《尚书·益稷》）元首，君主。股肱，喻辅佐君主的大臣。

⑲"闻五子"二句：相传夏王太康荒淫无道，失去权位，他的五个兄弟在洛水边等候他不来，作了五首歌表达怨恨和讽刺。后人沿用《五子之歌》作臣子劝诫之辞。

⑳六义始刓（wán）：诗之六义被削弱了。刓，磨削平。

㉑五言始于苏、李：《文选》有苏武、李陵赠答诗，相传是五言诗之始，实为后人伪托。

㉒不遇：命运不济，不逢明时，不遇明主。苏武出

使匈奴，被扣留十九年，守节不屈，归国后亦未受重用。李陵战败，投降匈奴。

㉓"河梁"之句：指苏、李赠答之诗。李陵《与苏武》诗第三首："携手上河梁，游子暮何之？徘徊蹊路侧，恨恨不得辞。行人难久留，各言长相思。安知非日月，弦望自有时。努力崇明德，皓首以为期。"

㉔泽畔之吟：指屈原的作品。《楚辞·渔父》："屈原既放，游于江潭，行吟泽畔，颜色憔悴，形容枯槁。"

㉕"双凫""一雁"：《文选》有托名苏武归国别李陵诗："二凫俱北飞，一雁独南翔。"上句喻苏、李二人，下句苏自喻。

㉖香草恶鸟：意谓用香草比喻君子，用恶鸟比喻小人。王逸《离骚序》："《离骚》之文，依《诗》取兴，引类譬喻。故善鸟香草以配忠贞，恶禽臭物以比谗佞。"

㉗"以康乐"二句：晋、宋之交的诗人谢灵运，因袭祖父封爵康乐公，故世称谢康乐。他精研玄理，著述丰富，故称"奥博"，所作诗歌偏重描写山水景物。

㉘江、鲍：指梁朝诗人江淹和刘宋诗人鲍照。

㉙"设如"八句：所引分别为《诗经》之《邶风·北风》《豳风·鹿鸣之什·采薇》《小雅·鹿鸣之什·棠棣》《周南·茉苣》。

㉚"然则"四句：前者所引为谢朓《晚登三山还望

京邑》诗句，后者所引为鲍照《玩月城西门廊中》诗句。

㉛缱绻：委曲详尽，此处言细密推敲。

㉜理道：治理天下的道理。唐人避高宗李治讳，用"理"代"治"。

㉝"始知"二句：文章应该为反映时代而写，诗歌应该为反映现实而作。这是当时白居易文学主张的核心观点。其《新乐府序》说的"总而言之，为君、为臣、为民、为物、为事而作，不为文而作也"，《读张籍古乐府》说的"未尝著空文"，都是这个意思。

㉞"是时"二句：指唐宪宗李纯即位初期，杜黄裳、裴垍、武元衡等任宰相，他们为官都比较正派。

㉟宸聪：皇帝的听闻。宸，北极星所在，后借指皇帝居所，又引申为帝王的代称。

㊱《贺雨》诗：白居易元和四年（809）写《贺雨》诗，讽劝皇帝改善人民生活。

㊲籍籍：议论纷纷。

㊳《哭孔戡》诗：孔戡正直不畏权势，有才不得重用，只做了闲官，含冤病死。白居易于元和五年（810）写《哭孔戡》诗悼念他。

㊴《秦中吟》：白居易创作的组诗，共十首，与《新乐府》五十首同为"讽谕诗"重要组成部分，其中有些篇章揭露了当时的社会矛盾。

⑩《乐游园》：即《登乐游园望》。元和五年（810）元稹被贬为江陵士曹参军，白居易作此诗相赠。

⑪《宿紫阁村》：即《夜宿紫阁山北村》，白居易以自己亲身经历揭露当时太监所掌握的神策军闯入民家砍伐"奇树"之事，结语是"主人慎勿语，中尉正承恩"。

⑫牛僧孺之戒：元和三年（808），唐宪宗策试贤良方正直言极谏举人，牛僧孺等应制举贤良方正科，在对策中指陈时政，言辞激烈，得罪了权贵和宦官，僧孺等并出为关外官，考官韦贯之等皆坐贬。白居易有《论制科人状》，所论奏者即此事。

⑬邓鲂：白居易同时代的诗人，白居易有《读邓鲂诗》，说他的诗很像陶渊明，但他连个进士也考不上，郁郁而终。

⑭唐衢：白居易同时代的诗人，荥阳（今属河南）人。应进士试，久而不第。"能为歌诗，意多感发。见人文章有所伤叹者，读讫必哭，涕泗不能已。……故谓唐衢善哭。"（《旧唐书·唐衢传》）五十多岁时穷愁而死，诗有千篇之多，惜未留存。他是最早欣赏白诗的人之一，白居易有《寄唐生》《伤唐衢》等诗。

⑮困踬若此：元稹自元和元年（806）因屡次上书言事，为执政所忌，出为河南尉开始，屡次受到打击，被贬为江陵士曹参军，到元和十年（815）出为通州司马，

前后达十年之久。

㊻四始：《诗经》中四个首篇为《国风·关雎》《小雅·鹿鸣》《大雅·文王》《周颂·清庙》。四始实际上指《诗经》反映现实的传统。

㊼“中朝”句：是说在朝廷中连最疏远的亲族都没有。缌麻，本意是细麻布，用作古代“五服”中最轻的丧服。

㊽“策蹇步”句：意谓自己赶着跛脚驴和别的骑快马的人赛跑。这是白居易自述科举登第，完全是凭自己真实本领，不像旁人那样攀亲靠友，依附权贵。

㊾空卷（quān）：无弓箭的弩弓。《汉书·司马迁传》：“张空卷，冒白刃，北首争死敌。”

㊿三登科第：指白居易贞元十六年（800）登进士第（第四名），贞元十九年（803）登“书判拔萃科”（第三等），元和元年（806）登制举“才识兼茂明于体用科”（第四等）。

(51)“多以仆”二句：意思是以我应试时作的《策林》《性习相远近赋》等为评判标准。

(52)恧（nǜ）然：惭愧貌。

(53)高霞寓：范阳人，随高崇文讨伐西川叛将刘辟有功，元和十年（815）为唐、邓、隋三州节度使。

(54)汉南：山南东道治所襄阳（今属湖北）。白居易贬江州，路经此地。其《送冯舍人阁老往襄阳》："莫恋汉南风景好，岘山花尽早归来。"

(55)渊、云：渊，指王褒，字子渊；云，指扬雄，字子云。

(56)"古人云"及以下二句：古人说，名誉是大家共有的东西，个人不应占有太多。出自《庄子·天运》："名，公器也，不可多取。"白居易《感兴二首》其一亦云："名为公器无多取，利是身灾合少求。"

(57)韦苏州：指韦应物，贞元二年（786）出任苏州刺史。

(58)皇子陂：长安城南名胜，《长安志》卷十一引《十道志》："秦葬皇子，起冢陂北原上，因名皇子陂。"

(59)昭国里：在长安城朱雀门街东第三街永崇里南。白居易于元和九年（814）冬居昭国坊。

(60)樊、李：樊宗师与李绅，二人皆为白居易的朋友。

(61)"如张十八"四句：张十八，即张籍。李十二，即李绅。卢、杨，卢拱、杨巨源，二人皆做过秘书郎。窦七，窦巩。元八，元宗简。以上这些诗人都是元稹和白居易共同的好友。

【赏读】

这封书信写于元和十年（815），当时四十四岁的白居易正在江州司马任上。

　　从二十九岁进士及第后，经过十多年的宦海风波，这时被贬到江州当一名有职无权的司马，白居易经历了他人生中最沉重的打击，内心充满愤慨和忧伤，思想上也不免矛盾和彷徨。这时收到时任通州司马的好友元稹寄来的《叙诗寄乐天书》，于是，有感而发，在寒冬腊月的偏僻小城里，写下这封感情真挚的长信。这封长信不仅是白居易深思熟虑的产物，同时也是元白两人长期以来思想交流的结晶。《旧唐书·白居易传》收录此信第二段以下的全部内容，并介绍说："文士以为信然。"

　　在信里，白居易概括地评价了自《诗经》以来，历代诗歌创作的各种倾向，全面地总结了自己前半生的人生经历和创作经验，在此基础上，系统表述了"达则兼济天下，穷则独善其身"的人生哲学，明确提出了"文章合为时而著，歌诗合为事而作"的文学主张，认为诗歌应该为政治为现实服务，应该反映人民疾苦，担负起补察时政、泄导人情的使命，达到"救济人病、裨补时阙"的目的。将诗歌与政治、与民生密切结合，这是白居易诗论的核心。在他以前，还没有谁如此明确而系统地提出过。

　　当然，本文不只是一篇重要的文学理论著作，单单作为文学性的散文而言，也是情文并茂，真挚感人。这封信和他的诗风一样，也是平易流畅，借用赵翼《瓯北诗话》评价苏轼的话说，就是："爽如哀梨，快如并剪，有必达之隐，无难显之情。"

与微之书

四月十日夜，乐天白：微之微之！不见足下面已三年矣，不得足下书欲二年矣。人生几何？离阔[1]如此。况以胶漆[2]之心，置于胡越之身，进不得相合[3]，退不能相忘。牵挛乖隔[4]，各欲白首。

微之微之，如何如何？天实为之，谓之奈何？仆初到浔阳时，有熊孺登[5]来，得足下前年病甚时一札。上报疾状，次叙病心，终论平生交分。且云："危惙之际，不暇及他，唯收数帙文章，封题其上曰：他日送达白二十二郎[6]。便请以代书。"

悲哉！微之于我也，其若是乎！又睹所寄闻仆左降诗[7]云："残灯无焰影幢幢，此夕闻君谪九江。垂死病中惊起坐，暗风吹雨入寒窗。"此句他人尚不可闻，况仆心哉？至今每吟，犹恻恻耳。且置是事，略叙近怀。

仆自到九江，已涉三载。形骸且健，方寸[8]甚安。下至家人，幸皆无恙。长兄去夏自徐州至，又有诸院孤小弟妹六七人提挈同来。⑨顷所牵念者，今悉置在目前，得同寒暖饥饱。此一泰也。江州风候稍凉，地少瘴疠。乃至蛇虺蚊蚋，虽有甚稀。溢鱼颇肥，江酒极美。其余食物，多类北地。仆门内之口虽不少，司马之俸虽不多，量入俭用，亦可自给。身衣口食，且免求人。此二泰也。

仆去年秋始游庐山，到东西二林间香炉峰下，见云水泉石，胜绝第一。爱不能舍，因置草堂。前有乔松十数株，修竹千余竿。青萝为墙援，白石为桥道。流水周于舍下，飞泉落于檐间。红榴白莲，罗生池砌。大抵若是，不能殚记。每一独往，动弥旬日。平生所好者，尽在其中。不唯忘归，可以终老。此三泰也。

计足下久不得仆书，必加忧望。今故录三泰，以先奉报。其余事况，条写如后云云。微之微之！作此书夜，正在草堂中山窗下，信手把笔，随意乱书。

封题之时，不觉欲曙。举头但见山僧一两人，或坐或睡。又闻山猿谷鸟，哀鸣啾啾。平生故人，去我万里。瞥然尘念，此际暂生。余习⑩所牵，便成三韵云："忆昔封书与君夜，金銮殿后欲明天。今夜封书在何处，庐山庵里晓灯前。笼鸟槛猿⑪俱未死，人间相见是何年？"

微之微之！此夕我心，君知之乎？乐天顿首。

【注释】

①离阔：分别。孟浩然《入峡寄弟》诗："离阔星难聚。"

②胶漆：比喻情谊极深，亲密无间。白居易《和〈寄乐天〉》："贤愚类相交，人情之大率；然自古今来，几人号胶漆？"

③相合：文中指相聚。

④牵挛乖隔：牵挛，牵挂。乖隔，别离。

⑤熊孺登：《唐才子传》卷六："孺登，钟陵人。有诗名。元和中，为西川从事。与白舍人、刘宾客善，多赠答。"白居易有《洪州逢熊孺登》，元稹有《赠熊士（孺）登》《别岭南熊判官》诗。

⑥白二十二郎：居易排行二十二。白居易《祭弟文》："二十二哥居易以清酌庶羞之奠，致祭于郎中二十三郎知退之灵。"

⑦闻仆左降诗：元稹集题作《闻乐天授江州司马》。

⑧方寸：内心，心神。《列子·仲尼》："吾见子之心矣，方寸之地虚矣。"

⑨"长兄"二句：白居易《答户部崔侍郎书》："前月中，长兄从宿州来，又孤幼弟侄六七人皆自远至。"长兄，即白幼文。徐州，指宿州符离。诸院，指同祖的各房。

⑩余习：旧习。文中指赋诗。

⑪笼鸟槛猿：形容身不由己。

【赏读】

本文作于元和十二年（817），江州。按，文中云不见微之"已三年矣"，"自到九江，已涉三载"，《白居易集笺校》谓：自元和十年至元和十二年，"适为第三年"。

元和五年（810），元稹因得罪权贵和宦官被贬为江陵士曹参军。元和十年（815），又出为通州司马。同年，白居易被贬为江州司马。元、白同为新乐府运动的倡导者，此时在政治上都受到了打击。白居易在这封信中向元稹介绍在江州的生活情景，表达怀念知己的心情，表现坚持正道、不畏强权、虽受挫折而无怨无悔的胸怀，同时也流露出苦闷无奈、聊以自慰的情绪。文章简洁明快，如同晤面交谈，亲切有味，真切感人。

有时候，逆境会成为我们人生的财富。从书信中提到的"三泰"，即可领略白居易在逆境中从容淡定的心态。在贬谪三年后，白居易这样形容自己的身心状况——"形骸且健，方寸甚安"。之所以如此，他归结为三方面：有亲情相慰以乐天伦、能自力更生以足衣食、观云水泉石以忘得失。这"三泰"来自对磨难的无畏，不仅无畏，而且善于在苦难中寻找快乐，正所谓临变不惊，泰然处之。

与刘苏州①书

　　梦得阁下：前者枉手札数幅，兼惠答《忆春草》②《报白君》③已下五六章。发函披文，而后喜可知也。又覆视书中，有攘臂痛拳之戏，笑与抃会④，甚乐甚乐，谁复知之。因有所云，续前言之戏耳，试为留听。与阁下在长安时，合所著诗数百首，题为《刘白唱和集》卷上下。

　　去年冬，梦得由礼部郎中集贤学士迁苏州刺史，冰雪塞路，自秦徂吴。仆方守三川，得为东道主。阁下为仆税驾⑤十五日，朝觞夕咏，颇极平生之欢，各赋数篇，视草而别。岁月易迈，行复周星，一往一来，忽又盈箧。诚知老丑冗长，为少年者所嗤，然吴苑、洛城，相去二三千里，舍此何以启齿而解颐哉？

　　嗟乎！微之先我去矣，诗敌之勍⑥者，非梦得而谁？前后相答，彼此非一，彼虽无虚可击，此亦非利不行，但止交绥，未尝失律。然得隽之句，警策之篇，多因彼唱此和中得之，他人未尝能发也，所以辄自爱重。今复编而次焉，以附前集，合成三卷，题此卷为下，迁前下为中，命曰《刘白吴洛寄和卷》，自太和六年冬《送梦得之任》之作始。

居易顿首。

【注释】

①刘苏州：即刘禹锡。刘禹锡大和五年（831）十月自礼部郎中、集贤学士出为苏州刺史，大和六年二月抵任，有《苏州谢上表》。

②《忆春草》：即刘禹锡诗《忆春草》："忆春草，处处多情洛阳道。金谷园中见日迟，铜驼陌上迎风早。河南大尹频出难，只得池塘十步看。府门闭后满街月，几处游人草头歇。馆娃宫外姑苏台，郁郁芊芊拨不开。无风自偃君知否，西子裙裾曾拂来。"题注曰："春草，乐天舞妓名。"

③《报白君》：刘禹锡诗，大和六年（832）春在苏州作，旨在回报白居易《忆旧游》诗，又题作《乐天寄忆旧游因作报白君以答》，诗云："报白君，别来已渡江南春。江南春色何处好，燕子双飞故官道。春城三百七十桥，夹岸朱楼隔柳条。丫头小儿荡画桨，长袂女郎簪翠翘。郡斋北轩卷罗幕，碧池逶迤绕画阁。池边绿竹桃李花，花下舞筵铺彩霞。吴娃足情言语黠，越客有酒巾

冠斜。坐中皆言白太守，不负风光向杯酒。酒酣襞笺飞逸韵，至今传在人人口。报白君，相思空望嵩丘云。其奈钱塘苏小小，忆君泪点石榴裙。"

④笑与抃（biàn）会：拍手欢笑。抃，拍手。

⑤税驾：解下驾车的马，停车。这里指休息。《史记·李斯列传》："物极则衰，吾未知所税驾也。"税，止息。

⑥勍（qíng）：强大。勍敌，强敌。

【赏读】

本文作于大和六年（832），洛阳。

刘禹锡为苏州刺史，白居易在洛阳任河南尹。本文主要讲述白居易与刘禹锡诗歌唱和及二人诗集编纂之事。

《刘白唱和集》初始为两卷，后经过多次增补，最终编为五卷。大和三年（829）三月，白居易汇辑二人自大和元年至三年春的唱和诗 138 首，辑成上下两卷，名《刘白唱和集》，白居易作有《刘白唱和集解》介绍此事。刘禹锡于大和五年（831）十月自礼部郎中、集贤学士迁为苏州刺史，大和六年二月抵任，自此二人多有唱和诗作，编为《刘白吴洛寄和卷》，并将此集合并入二卷《刘白唱和集》，使其成为三卷，也就是本文所述。

会昌五年（845），白居易在《白氏长庆集后序》中又提及此集，"又有……《刘白唱和集》五卷"，说明此时已增至五卷。据贾晋华考证，其第四卷为自大和八年（834）至开成元年（836）的唱和集《汝洛集》，第五卷为开成三年（838）至会昌二年（842）的唱和集《洛中集》。

与刘禹锡书

　　冬候斗寒，不审动止何似？居易蒙免。韦杨子
（递中）^①，李宗直、陈清等至。连奉三问，并慰驰心。
洛下今年旱损至甚，蠲放太半，经费不充。见议停减
料钱，公私之况可见。盖天灾流行也。承贵部大稔，
流亡悉归。既遇丰年，又加仁政。否极则泰，物数之
常。且使君之心，得以与众同乐。即宴游醋咏，当随
日来。

　　前月廿六日，崔家送终事毕^②。执绋^③之时，长恸
而已。况见所示祭文及祭微哀辞^④，岂胜凄咽！来使到
迟，不及发引。反虞之明日申奠，亦足以及哀。因睹
二文，并录祭敦并微志文同往^⑤，览之当一恻恻耳。

　　平生相识虽多，深者盖寡。就中与梦得同厚者，
深、敦、微^⑥而已。今相次而去，奈老心何？以此思
之，遂有奉寄长句。长句而下，或感事，或遣怀，或
对境，共十篇，今又录往。公事之暇，为遍览之，亦
可悲，亦可哂也。

微既往矣，知音兼勍敌者，非梦而谁？故来示有"脱膊毒拳、脑门起倒"之戏。如此之乐，谁复知之？从《报白君》"甈榴裙"之逸句[7]，少有登高之称，岂人之远思？唯余两仆射之叹词[8]，乃至"金环翠羽"之凄韵[9]，每吟皆数四，如清光在前。或复命酒延宾，与之同咏，不觉便醉便卧。即不知拙句到彼，有何人同讽耶？

向前两度修状寄诗，皆酒酣操简，或书不成字，或言涉无端。此病固蒙素知，终在希君恕醉人耳。所报男有艺，雌无容，少嘉宾，多乞客，其来尚矣。幸有家园渭城，岂假外物乎？

昨问李宗直，知是久亲事，常在左右。引于青毡帐前，饮之数杯，隔坐与语。先问贵体，次问高墙，略得而知。聊用为慰，即瞻恋饥渴之深浅可知也，复何言哉？

沃洲僧记[10]，又蒙与书，便是数百年盛事，可谓头头结缘耳。宗直还，奉状，不宣。居易再拜。梦得阁下。

十一月日。谨空。

【注释】

①韦杨子（递中）：韦杨子，启功《碑帖中的文学史

资料》谓即唐之"另一韦应物"，刘禹锡《苏州举扬子韦中丞自代状》之韦中丞。《刘宾客文集》卷十七《苏州举韦中丞自代状》："诸道盐铁转运江淮留后、朝议郎、守太仆少卿、兼御史中丞、上柱国赐紫金鱼袋韦应物。"盐铁转运使于扬州置留后，管江淮以南两税，称江淮留后，亦称扬子留后。也就是此处的"韦扬子"。本文中"杨"或为"扬"之误。递中，邮寄书信。《资治通鉴》咸通九年十月："勋复于递中申状。"胡三省注："递中，谓入邮筒递送使府。"此谓由韦应物代寄书信。

②崔家送终事毕：《旧唐书·崔群传》："大和五年，（崔群）拜检校左仆射，兼吏部尚书。六年八月卒，年六十一。"崔群于大和六年（832）八月卒，同年十月二十六日安葬。

③执绋（fú）：送葬时手执绳索以牵引灵柩，后泛指送葬。

④"见所示"句：这里白居易所见祭文，即刘禹锡祭李绛文以及祭元稹哀词。按：刘禹锡祭元微之文，今其文集已不见，而其祭李绛文即《代裴相祭兴元李司空文》。

⑤"并录"句：这里是说白居易看了刘禹锡的两篇文章之后，抄录了自己所作的祭崔群文、祭元稹文和元稹墓志铭，一同带给刘禹锡。按：我们现在能够见到的

白居易文章中并没有祭崔群文，只有祭元稹文和元稹墓志铭。元稹大和五年（831）七月二十二日卒，大和六年（832）七月十二日下葬。白居易为元稹作墓志铭，是在元稹入葬前。

⑥深、敦、微：即白居易好友李绛（字深之）、崔群（字敦诗）、元稹（字微之）。白居易和崔群、李绛、刘禹锡四人大和二年（828）在长安有《杏园联句》《花下醉中联句》。

⑦"《报白君》"句：白居易作诗《忆旧游》寄赠刘禹锡，诗曰："忆旧游，旧游安在哉？旧游之人半白首，旧游之地多苍苔。江南旧游凡几处，就中最忆吴江隈。长洲苑绿柳万树，齐云楼春酒一杯。阊门晓严旗鼓出，皋桥夕闹船舫回。修蛾慢脸灯下醉，急管繁弦头上催。六七年前狂烂熳，三千里外思徘徊。李娟张态一春梦，周五殷三归夜台。虎丘月色为谁好，娃宫花枝应自开。赖得刘郎解吟咏，江山气色合归来。"刘禹锡有诗《乐天寄忆旧游因作报白君以答》（又名《报白君》）回报白居易，有句云："其奈钱唐苏小小，忆君泪点石榴裙。"末句宋浙刻本作"忆君泪颗石榴裙"，盖因"點（点）"与"颗"形似。

⑧两仆射之叹词：两仆射其一当谓崔群。大和五年（831），崔群拜检校左仆射，兼吏部尚书。另一人当指元

稹，元稹卒后赠尚书右仆射。所谓"叹词"即指刘禹锡所作"祭文及祭微哀辞"。

⑨"金环翠羽"之凄韵：刘禹锡有《和西川李尚书伤韦令孔雀及薛涛之什》诗："玉儿已逐金环葬，翠羽先随秋草萎。唯见芙蓉含晓露，数行红泪滴清池。"此处即指此诗。

⑩沃洲僧记：白居易有《沃洲山禅院记》，文末云："六年夏，寂然遣门徒僧常赟自剡抵洛，持书与图，诣从叔乐天，乞为禅院记云。"记，启功文录作"往"。平冈校："往字疑。盖言僧名。"此从顾学颉校《白居易集》所录。

【赏读】

《与刘禹锡书》是大和六年（832）白居易写给刘禹锡的一封书札，这封书札作为白居易的手迹，宋时被收入《淳熙秘阁续帖》中，通行的七十一卷本《白氏文集》中不见此文，今人整理校注白集，如顾学颉《白居易集》、朱金城《白居易集校笺》、谢思炜《白居易文集校注》均辑入集外文。

因为这封书札没有编入白氏文集，故而对其真伪问题曾发生过一些争议。高二适发表《论淳熙秘阁续帖白香山书之伪》一文，认为这封书札"此伪也。文似杂糅成篇，白氏应无此"。后来谢思炜作《白居易文集校注》，对其观点逐条辩驳，以为此书合于刘白之事，"非当事人则极难如书中之娓娓道来、随意穿插。此书文意贯通，自然流畅，绝不似杂糅伪作者"。

大和六年（832）八月，白居易好友崔群去世，同年十月二十六日安葬，这封信是十一月写成，然后由李宗直带回苏州交给刘禹锡。李宗直是受刘禹锡之命，带着刘所写祭文从苏州到洛阳来参加崔群的葬礼的。葬毕，李宗直在洛阳没停留多久，就返回苏州了。

白居易平生与崔群、元稹、李绛、刘禹锡情意最为深厚，如今李绛、崔群、元稹相继去世，其知交者唯剩禹锡一人，即白居易所谓"平生相识虽多，深者盖寡。就中与梦得同厚者，深、敦、微而已。今相次而去，奈老心何……微既往矣，知音兼劲敌者，非梦而谁？"自此以后，白居易与刘禹锡人事及诗歌往还都更为密切。两人的唱和诗编成《刘白唱和集》。白居易对于刘禹锡也推崇佩服，其《刘白唱和集解》云："彭城刘梦得，诗豪者也，其锋森然，少敢当者。"其《醉吟先生传》亦云："与嵩山僧如满为空门友，平泉客韦楚为山水友，彭城刘梦得为诗友，安定皇甫朗之为酒友。"刘禹锡卒后，居易有《哭刘尚书梦得二首》诗，其一云："四海齐名白与刘，百年交分两绸缪。同贫同病退闲日，一死一生临老头。杯酒英雄君与操，文章微婉我知丘。贤豪虽殁精灵在，应共微之地下游。”瞿蜕园先生对于此事评曰：“居易晚年诗中极少涉及时政者，禹锡亦然。其感往伤今，惊心触目，殆只相喻于无言。‘文章微婉’一语，概括禹锡一生遭际，与二人之契合，其旨甚深。末句以元、刘并论，不仅指私交，亦指元、刘抱负之相同也。”（《刘禹锡集笺证》）

书札

违奉渐久，瞻念弥深。伏承比小乖和，仰计今已痊复。

居易到杭州，已逾岁时。公私稍暇，守愚养拙，聊以遣时。在掖垣①时，每承欢眷。今拘官守，拜谒未期。瞻望光尘，但增诚恋。孙幼复到此物故。余具回使咨报。伏惟昭悉。

居易再拜。

【注释】

①掖垣：皇宫的旁垣。唐代特称门下、中书两省，因分别在禁中左右掖，故称。后世亦用以称类似的中央部门。《新唐书·权德舆传》："左右掖垣，承天子诰命，奉行详覆，各有攸司。"

【赏读】

这是白居易的一封书札，约作于长庆三、四年间

（823～824）其任杭州刺史时。见《初拓星风楼法帖》，原帖题"唐太师文公白居易书"，又见明代王氏藏宋拓本四名人法书册页，后接《春游》诗："酒户年年减，山行渐渐难。欲终心懒慢，转恐兴阑散。镜水波犹冷，稽峰雪尚残。不能辜物色，乍可爱春寒。远目伤千里，新年思万端。无人知此意，闲凭小栏杆。"

一信一诗，应是写于同一时期，据顾学颉在《白居易所书诗书志石刻考释》一文中考证，信和诗都是送给元稹的。时白居易任杭州刺史，元稹于长庆三年（823）十月赴浙东观察使任，路过杭州，聚会数日。在此之前，即元和十五年（820）冬至长庆元年（821）十月，元、白同在中书省知制诰，所以信中说到"在掖垣时"。

《春游》诗，白集中未收，《全唐诗》卷四百二十三误收入元稹名下。清人朱彝尊已指出其误："右白傅草一十九行，钱穆父在越勒石，置蓬莱阁下，今《长庆集》不载。或以是诗补入元微之集中，误也。"这封书札，顾学颉《白居易集》、朱金城《白居易集笺校》收录，题或拟为"与人书"、"与某某书"。

初授拾遗献书

元和三年进。

五月八日，翰林学士、将仕郎、守左拾遗臣白居易顿首顿首，谨昧死奉书于旒扆[1]之下。臣伏奉前月二十八日恩制，除授臣左拾遗，依前充翰林学士者，臣已与崔群[2]同状陈谢，但言忝冒，未吐衷诚。今者再黩宸严[3]，伏惟重赐详览。

臣谨按《六典》[4]："左右拾遗，掌供奉讽谏。凡发令举事，有不便于时，不合于道者，小则上封，大则庭诤。"其选甚重，其秩甚卑。所以然者，抑有由也。大凡人之情，位高则惜其位，身贵则爱其身。惜位则偷合而不言，爱身则苟容而不谏。此必然之理也。

故拾遗之置，所以卑其秩者，使位未足惜，身未足爱也。所以重其选者，使上不忍负恩，下不忍负心也。夫位未足惜，恩不忍负，然后能有阙必规，有违必谏。朝廷得失无不察，天下利病无不言。此国朝置拾遗之本意也。由是而言，岂小臣愚劣暗懦所宜居之哉？

况臣本乡里竖儒，府县走吏。委心泥滓，绝望烟霄。岂意圣慈，擢居近职。每宴饮无不先及，每庆赐无不先沾。中厩之马代其劳，内厨之膳给其食。[⑤]朝惭夕惕，已逾半年。尘旷渐深，忧愧弥剧。未伸微效，又擢清班。

臣所以授官已来，仅将十日，食不知味，寝不遑安。唯思粉身，以答殊宠，但未获粉身之所耳。今陛下肇建皇极，初受鸿名。夙夜忧勤，以求致理。每施一政，举一事，无不合于道，便于时。故天下之心颙颙然[⑥]日有望于太平也。

然今后万一事有不便于时者，陛下岂不欲闻之乎？万一政有不合于道者，陛下岂不欲革之乎？候陛下言动之际，诏令之间，小有遗阙，稍关损益，臣必密陈所见，潜献所闻，但在圣心裁断而已。

臣又职在中禁，不同外司。欲竭愚衷，合先陈露。伏希天鉴，深察赤诚。无任感恩欲报，恳款屏营之至。谨言。

【注释】

①旒扆（liú yǐ）：借称帝王。旒为帝王的冕旒，扆为帝王座位后的屏风，故称。

②崔群：字敦诗，号养浩，贝州武城（今河北故城）

人。崔群与居易于元和二年（807）十一月同日入为翰林学士，又同在三年四月二十八日改官授左拾遗。

③宸严：指帝王的威严。宸，指北极星的所在之处，借指帝王的宫殿，引申为帝王。

④《六典》：即《唐六典》，是一部关于唐代官制的行政法典，记载了唐代中央和地方国家机关的机构、编制、职责、人员、品位、待遇等。

⑤"中厩之马"二句：李肇《翰林志》："序立拜恩讫，候就宴。又赐衣一副、绢三十匹，飞龙司借马一匹。"白居易《渭村退居寄礼部崔侍郎翰林钱舍人诗一百韵》："同日升金马，分宵直未央。共词加宠命，合表谢恩光。厩马骄初跨，天厨味始尝。朝晡颁饼饵，寒暑赐衣裳。"

⑥颙颙然：期待盼望貌。

【赏读】

本文作于元和三年（808），长安。《重修承旨学士壁记》载："白居易元和二年十一月六日自盩厔县尉充。三年四月二十八日，迁左拾遗。"

元和二年（807）十一月，白居易由盩厔县尉充授翰林学士，元和三年四月二十八日除左拾遗，仍兼任翰林学士，五月八日以《初授拾遗献书》上书唐宪宗。拾遗，即

"言国家遗事，拾而论之"。唐制，门下省设左拾遗六人，中书省设右拾遗六人。拾遗负责供奉和谏议等职事，可以随朝官议政，直接参与朝政，也可向朝廷直陈得失利弊。

白居易还作过一首《初授拾遗》诗，陈述自己对"拾遗"一职的认识："奉诏登左掖，束带参朝议。何言初命卑，且脱风尘吏。杜甫陈子昂，才名括天地。当时非不遇，尚无过斯位。况予寝薄者，宠至不自意。惊近白日光，惭非青云器。天子方从谏，朝廷无忌讳。岂不思匪躬，适遇时无事。受命已旬月，饱食随班次。谏纸忽盈箱，对之终自愧。"在白居易以前的唐代大诗人中，陈子昂曾任右拾遗，杜甫曾任左拾遗，他们都曾经对朝政拾遗补阙，没有辜负拾遗的名称。拾遗的官品为从八品，是一个低品级的官职。虽然官品不高，但毕竟摆脱了"风尘吏"，而且前代的大贤杜甫、陈子昂都担任过拾遗的官，自己决心以他们为榜样。

白居易自元和三年（808）四月二十八日任左拾遗，到元和五年（810）五月五日改官京兆府户曹参军，做左拾遗只有两年时间，但他屡陈时政，提出赦免囚犯、减免租税、禁止掠卖良人等建议，真正做到了"有阙必规，有违必谏。朝廷得失无不察，天下利害无不言"。

代书

　　庐山自陶、谢①泊十八贤②已还，儒风绵绵，相续不绝。贞元初，有苻载、杨衡辈③隐焉，亦出为文人。今其读书属文，结草庐于岩谷间者，犹一二十人。即其中秀出者，有彭城人刘轲④。

　　轲开卷慕孟轲为人，秉笔慕扬雄、司马迁为文，故著《翼孟》三卷、《豢龙子》十卷、杂文百余篇，而圣人之旨，作者之风，虽未臻极，往往而得。予佐浔阳三年，轲每著文，辄来示予。

　　予知轲志不息，异日必能跨苻、杨而攀陶、谢。轲一旦尽赍所著书及所为文访予，告行，欲举进士。予方沦落江海，不足以发轲事业，又羸病无心力，不能遍致书于台省故人。

　　因援纸引笔，写胸中事授轲。且曰：子到长安，持此札为予谒集贤庾三十二补阙⑤、翰林杜十四拾遗⑥、金部元八员外⑦、监察牛二侍御⑧、秘省萧正字⑨、蓝田杨主簿兄弟⑩。彼七八君子，皆予文友。

以予愚直，常信其言。苟于今不我欺，则子之道庶几光明矣。

又欲使平生故人知我形体已悴，志气已惫，独好善喜才之心未死。去矣去矣，持此代书。

三月十三日，乐天白。

【注释】

①陶、谢：陶渊明、谢灵运。《宋书·周续之传》："（周续之）入庐山事沙门释慧远，时彭城刘遗民遁迹庐山，陶渊明亦不应征命，谓之浔阳三隐。"《高僧传》卷六《慧远传》："陈郡谢灵运负才傲俗，少所推崇，及一相见，肃然心服。"谢灵运于晋安帝义熙七年（411）到浔阳入庐山见慧远。

②十八贤：《莲社高贤传》载："今日世俗相传，谓远公与十八高贤立白莲社，入社者百二十三人，外有不入社者三人。"

③符载、杨衡辈：唐德宗建中初，杨衡、符载与李元象、王简言隐于庐山，号"山中四友"。

④刘轲：《唐摭言》卷十一："刘轲慕孟轲为文，故以名焉。少为僧，止于豫章高安县南果园。复求黄老之术，隐于庐山。既而进士登第，文章与韩、柳齐名。"《庐山志》卷五："庆云峰东北有山，是为七尖山，其下

有刘轲书堂。"刘轲为岭南人，彭城乃其郡望。

⑤集贤庾三十二补阙：即庾敬休，字顺之。历官右拾遗、集贤学士、右补阙、起居舍人等。

⑥翰林杜十四拾遗：即杜元颖。贞元十六年（800）与白居易同登进士第。元和中为左拾遗，右补阙，召入翰林充学士。

⑦金部元八员外：即元宗简。曾官金部员外郎。

⑧监察牛二侍御：即牛僧孺，元和间官监察御史。

⑨秘省萧正字：《白居易集笺校》疑为萧睦，元和元年（806）与居易同登科。

⑩蓝田杨主簿兄弟：即杨汝士与杨虞卿兄弟。杨汝士，时官蓝田主簿，其弟杨虞卿官鄠县令。

【赏读】

本文作于元和十二年（817），白居易时任江州司马。

刘轲，唐文宗大和年间在世。童年嗜学，著书甚多。元和十三年登进士第。文宗初年任弘文馆学士、史馆修撰，累迁侍御史，终于洺州刺史。据《经义考》载，刘氏轲《翼孟》三卷（佚），引缺名曰："刘御史轲上京，师白乐天，以书荐之于所知，若庾补阙、杜拾遗、元员外、牛侍御、萧正字、杨主簿兄弟，谓其开卷慕孟轲为人，所著《翼孟》三卷，于圣人之旨，作者之风，往往而得。惜乎所著书散佚无存也。"

　　白居易赏识刘轲，介绍刘轲谒见牛僧孺、杨虞卿等。此书作于元和十二年三月十三日，元和十三年刘轲登进士第，可见白居易的揄扬是起了作用的。明人陈天定《古今小品》评价此文："代书奇创，道气交情俱见之。"

卷四　赋体之文

华而不艳，美而有度。

雅音浏亮，必先体物以成章，

逸思飘飖，不独登高而能赋。

动静交相养赋并序

居易常见今之立身从事者，有失于动，有失于静。斯由动静俱不得其时与理也。因述其所以然，用自儆导[1]，命曰《动静交相养赋》云。

天地有常道，万物有常性。道不可以终静，济之以动；性不可以终动，济之以静。养之则两全而交利，不养之则两伤而交病。故圣人取诸《震》以发身[2]，受诸《复》而知命[3]。所以《庄子》曰："智养恬[4]。"《易》曰："蒙养正[5]。"

吾观天文，其中有程[6]。日明则月晦，日晦则月明。明晦交养，昼夜乃成。吾观岁功[7]，其中有信。阳进则阴退，阳退则阴进。进退交养，寒暑乃顺。且躁者本于静也，斯则躁为民，静为君[8]。以民养君，教化之根，则动养静之道斯存。且有者生于无也[9]，斯则无为母，有为子。以母养子，生成之理，则静养动之理明矣。

所以动之为用，在气为春，在鸟为飞，在舟为楫，在弩为机。不有动也，静将畴⑩依？所以静之为用，在虫为蛰，在水为止，在门为键⑪，在轮为柅⑫。不有静也，动奚资始？则知动兮静所伏，静兮动所倚。吾何以知交养之然哉以此。有以见人之生于世，出处相济，必有时而行，非匏瓜不可以长系⑬。

人之善其身，枉直相循，必有时而屈，故尺蠖不可以长伸⑭。嗟夫！今之人，知动之可以成功，不知非其时，动必为凶。知静之可以立德，不知非其理，静亦为贼。大矣哉！动静之际，圣人其难之。先之则过时，后之则不及时。⑮交养之间，不容毫厘。故老氏观妙⑯，颜氏知几⑰。噫！非二君子，吾谁与归？

【注释】

①儆（jǐng）导：警诫引导。儆，警告，告诫。

②"故圣人"句：《易·说卦》："万物出乎震。震，东方也"；"震，动也"。疏："震象雷，雷奋动万物，故为动也。"

③"受诸《复》"句：《易·复卦》："雷在地中，复。先王以至日闭关，商旅不行，后不省方。"王弼注："冬至，阴之复也。夏至，阳之复也。故为复则至于寂然大静，先王则天地而行者也。动复则静，行复则止，事复则无事也。"

④智养恬：《庄子·缮性》："古之治道者，以恬养知。知生而无以知为也，谓之以知养恬。知与恬交相养，而和理出其性。"成玄英疏："恬，静也。古者圣人以道治身治国者，必以恬静之法养真实之知，使不荡于外也。"

⑤蒙养正：《易·蒙卦》："蒙以养正，圣功也。"

⑥程：规律，法则。

⑦岁功：一年的时序。

⑧"且躁者"三句：《老子》："重为轻根，静为躁君。"

⑨"且有者"句：《老子》："天下万物生于有，有生于无。"

⑩畴：疑问代词"谁"。《尚书·五子之歌》："百姓仇予，予将畴依？"

⑪键：门闩。《淮南子·主术训》："五寸之键，制开阖之门。"

⑫柅（nǐ）：挡住车轮使其不能转动的木块。

⑬"非匏瓜"句：《论语·阳货》："子曰：'吾岂匏瓜也哉？焉能系而不食？'"

⑭"尺蠖"句：《易·系辞下》："尺蠖之屈，以求信也。龙蛇之蛰，以存身也。"这里的"信"，古同"伸"。

⑮"先之"二句：《淮南子·原道训》："时之反侧，间不容息。先之则太过，后之则不逮。"

⑯老氏观妙：《老子》："无名，天地之始，有名，万物之母。故常无，欲观其妙；常有，欲观其徼。此两者同出而异名，同谓之玄。玄之又玄，众妙之门。"

⑰颜氏知几：《易·系辞下》："子曰：知几其神乎？君子上交不谄，下交不渎，其知几乎？几者，动之微，吉之先见者也。……子曰：颜氏之子，其殆庶几乎？有不善，未尝不知，知之未尝复行也。"几，通"机"，细微的迹象。颜氏之子，即颜回。

【赏读】

本文作于贞元十八年（802）以前。

这篇赋，在结构上层次十分清晰，形为古赋，实似律赋，包括头、项、腹和尾四部分。另外，此赋还打破律赋骈四俪六、隔句为对之规，在上四字下六字的"轻隔"、上六字下四字的"重隔"之外，别创长隔句对，后来宋人辞赋也多用此，可称是明清八股文之先声。清代李调元《赋话》云："唐白居易《动静交相养赋》……中多见道之言，不当徒以慧业文人相目，且通篇局阵整齐，两两相比，此调自乐天创为之，后来制义分股之法，实滥觞于此。"清代林春溥《开卷偶得》则谓："白乐天

《动静交相养赋》，其体裁绝似今之八股，乃此体已开自唐，不自宋人始也。"白居易律赋这种追求布局严整，并力求篇章结构定型化的倾向，源自应付科举考试的实用目的。把同样为"私试"而作，在结构章法上八股气十足的《策林》同白氏律赋加以对比，便不难参破这种致力于篇章结构程式化的"为文之用心"。

文章以议论入赋，阐发动静交相养乃自然之理，为人立身处事亦须如此，颇有出尘绝世之思。宋人爱议论，宋代文化精神的突出特色之一就是议论。对动静相养这类抽象理论问题的思考，是宋学议论的重要主题，《动静交相养赋》因此备受青睐。宋代书法家蔡襄有《书唐白居易动静交相养赋卷》留存至今。原存沈阳故宫，现藏台北故宫博物院。

泛渭赋并序

　　右丞相高公之掌贡举也，予以乡贡进士举及第。①
左丞相郑公之领选部也，予以书判拔萃选登科。②十九
年，天子并命二公对掌钧轴③。朝野无事，人物甚安。
明年春，予为校书郎，始徙家秦中，卜居于渭上④。上
乐时和岁稔，万物得其宜；下乐名遂官闲，一身得其
所。既美二公佐清净之理，又荷二公垂特达之恩。发
于嗟叹，流于咏歌。于时泛舟于渭，因为《泛渭赋》
以导其意。

　　词曰：

　　亭亭华山下有人，跂兮望兮，爱彼三峰⑤之白云。
泛泛渭水上有舟，沿兮泝兮，爱此百里之清流。以我
为太平之人兮，得于斯而优游。又感阳春之气熙熙兮，
乐天和而不忧。曰予生之年兮，时哉时哉。当皇唐受
命之九叶⑥兮，华与夷而无氛埃。

　　及帝缵⑦位之二纪⑧兮，命高与郑为盐梅⑨。二贤
兮爱立⑩，四门兮大开。凡读儒书与履儒行者，率充赋

而西来。虽片艺而必收兮，故不弃予之小才。感再遇于知己，心惭怍以徘徊。登予名于太常，署予职于兰台。[11]台有兰兮阁有芸[12]，芳菲菲其可袭。备一官而无一事，又不维而不絷。家去省兮百里，每三旬而一人。

川有渭兮山有华，澹悠悠其可赏。目白云兮漱清流，其或偃而或仰。门去渭兮百步，常一日而三往。夜分兮叩舷，天无云兮水无烟。迟迟兮明月波，澹艳兮棹夤缘[13]。日暮兮舟泊，草萋萋兮沙漠漠。习习兮春风，岸柳动兮渚花落。发浩歌以长引，举浊醴而缓酌。春冉冉其将尽，予何为乎不乐？鸟乐兮云际，鸣嘤嘤兮飞裔裔。鱼乐兮泉底，鬐拨拨兮尾潋潋。

我乐兮圣代，心融融兮神泄泄[14]。伊万物各乐其乐者，由圣贤之相契。贤致圣于无为，圣致贤于既济。凝为和兮聚五福[15]，发为春兮消六沴[16]。不我后兮不我先，适当我兮生之代。彼鳞虫兮与羽族，咸知乐而不知惠。我为人兮最灵，所以愧贤相而荷圣帝。乐乎乐乎！泛于渭兮咏而归，聊逍遥以卒岁。

【注释】

①"右丞相"二句：高公，即高郢，字公楚。宝应初，举进士。兴元初，进礼部侍郎，掌贡举三年。贞元十九年（803），擢中书侍郎，同平章事。高郢以贞元十

五、十六、十七三年知贡举，白居易贞元十六年（800）
于高郢主试下应进士举。

②"左丞相"二句：郑公，即郑珣瑜，字元伯，荥
泽（今河南郑州）人。代宗大历中以讽谏主文科高第，
授大理评事，累迁吏部侍郎，为河南尹，颇有政绩。白
居易于贞元十八年（802）冬试书判拔萃科，时郑珣瑜为
吏部侍郎。

③钧轴：陶制的转轮和车轴。比喻国家政务重任。

④卜居于渭上：贞元二十年（804），白居易为校书
郎，徙家下邽故里。下邽，今属陕西渭南。

⑤三峰：《太平寰宇记》："太华山在县南八里。……
按《名山记》：华岳有三峰，直上数千仞，基广而峰峻，
迭秀迄于岭表，有如削成。今博山香炉，形实象之。"

⑥九叶：唐自高祖至德宗，共计九朝。

⑦缵（zuǎn）：继承。

⑧二纪：自德宗建中元年（780）即位至贞元二十年
（804），计二十四年，合二纪。纪，十二年为一纪。

⑨盐梅：盐和梅子。盐味咸，梅味酸，均为调味所
需。这里代指国家的贤臣。《书·说命下》："若作酒醴，
尔惟曲蘖。若作和羹，尔惟盐梅。"

⑩爰立：指拜相。《书·说命》："爰立作相，王置诸
其左右。"

⑪"登予名"二句：贞元十九年（803）春，白居易授秘书省校书郎。太常，《唐会要》卷五十九《礼部尚书》："龙朔二年，一改为司礼太常伯。咸亨元年复旧。"兰台，《唐会要》卷六十五《秘书省》："龙朔二年二月四日，改为兰台。……神龙元年二月五日，复改为秘书监如旧。"

⑫"台有"句：兰台、芸阁都是秘书省的雅称。

⑬寅缘：指水流或波纹等连续不断。

⑭泄泄（yì yì）：闲散自得貌。

⑮五福：《书·洪范》："五福：一曰寿，二曰富，三曰康宁，四曰攸好德，五曰考终命。"

⑯六沴（lì）：即"六疠"。沴，气不和之疾。

【赏读】

本文作于贞元二十年（804），下邽。

渭水是黄河第一大支流，流经唐代首都长安，受经济政治中心的影响，这条早在《诗经》中就以"泾以渭浊，湜湜其沚"示其面貌的河流，在唐代迎来前所未有的关注。此文中序言点明创作的缘起和背景：连登科第；新获任命；徙家秦中；二位座主职在相位；时和岁稳，人安物宜。当此心悦气畅之际，讴歌圣世明时，抒发感激之情，表达庆幸之意，自在情理之中。

　　赋文开篇以两个长句破题，交代泛舟的地点，并以简笔勾勒周围富有代表性的景致，舒缓不疾的语气，酝酿出明朗的抒情气氛。下面以三层展开铺叙：其一是对时任左右相的高郢、郑珣瑜的称颂和致谢，文中明言道："虽片艺而必收兮，故不弃予之小才。感再遇于知己，心惭怍以徘徊。"这是借泛舟清渭之际，抒发对二相的感激之情。其二是对暮春时分作者泛舟之地昼夜之美景的精彩描绘。其三是对幸逢君臣遇合时代的感激之情的倾吐。

　　层次清晰、弛张有度是该赋体现出的主要特色，而因情生景、由景抒情是该赋运用的主要手法：由第一部分抒自己感激之情，经过第二部分所描绘的美景的烘染、调适，到第三部分抒生逢幸世的时代之情，全文的主题就这样不断得到凸现和深化。

　　文中说"朝野无事，人物甚安"，"凝为和兮聚五福，发为春兮消六沴"，意在赞扬当时的左右丞相，也是表达对贤相的尊敬。又云："伊万物各乐其乐者，由圣贤之相契。贤致圣于无为，圣致贤于既济。"表现出白居易初登仕途的喜悦心情，以及渴望君臣相契、早致升平的理想。

敢谏鼓^①赋

以"圣人来谏诤之道"为韵。

鼓者^②工所制，谏者君所命。鼓因谏设，发为治世之音；谏以鼓来，悬作经邦之柄。纳其臣于忠直，致其君于明圣。将使内外必闻，上下交正。于是乎唐尧得以为盛者也。至矣哉！君至公而灭私^③，臣有犯而无欺^④。讽谏者于焉尽节，献纳者由是正辞。

言之者无罪^⑤，击之者有时。故謇謇匪躬^⑥，道之行也；謣謣^⑦不已，声以发之。始也土鼓增华，贲桴改造。^⑧外扬音以应物，中含虚而体道。不窕不摦^⑨，由巧者之作为；大鸣小鸣^⑩，随直臣之击考。

有若坎其缶，于宛丘之下；^⑪又如殷其雷，在南山之隈。^⑫音锵锵以镗鞳，响容与以徘徊。儆于帝心，四聪之耳必达^⑬；纳诸人听，七诤之臣乃来^⑭。故用于朝，朝无面从之患^⑮；行于国，国无居下之讪。洋洋盈耳，幽赞逆耳之言；坎坎动心，明启沃心^⑯之谏。

且夫鼓之为用也，或备于乐悬，或施于戎政。以谐八音节奏，以明三军号令。未若备察朝阙，发挥庭诤。声闻于外，以彰我主圣臣良；道在其中，以表我上忠下敬。然则义之与比[17]，德必有邻[18]。将善旌而并建[19]，与谤木[20]而俱陈。

是必闻其音，则知有献替[21]之士；聆其响，不独思将帅之臣。嗟乎！舍之则声寝，用之则气振。虽声气之在鼓，终用舍之由人。

【注释】

①敢谏鼓：《淮南子·主术训》："尧置敢谏之鼓，舜立诽谤之木。"

②鼓者：《文苑英华》其上有"大矣哉唐尧之为盛"八字。

③君至公而灭私：《书·周官》："以公灭私，民其允怀。"

④臣有犯而无欺：《礼记·檀弓上》："事君有犯而无隐。"

⑤言之者无罪：《毛诗序》："上以风化下，下以风刺上，主文而谲谏，言之者无罪，闻之者足以戒，故曰风。"

⑥謇謇（jiǎn jiǎn）匪躬：为君国而忠直谏诤。《易·蹇》："王臣蹇蹇，匪躬之故。"謇謇，忠贞的样子。匪

躬，指忠心耿耿，不顾自身。

⑦鼝鼝（yuān yuān）：鼓声。《诗·商颂·那》："鼗鼓渊渊。"渊渊，《说文》引作"鼝鼝"。

⑧"始也"二句：《礼记·明堂位》："土鼓、蒉桴、苇钥，伊耆氏之乐也。"疏："土鼓谓筑土为鼓，蒉桴以土块为桴。"

⑨不窕（tiǎo）不摦（huà）：《左传》昭公二十一年："夫音，乐之舆也。而钟，音之器也。天子省风以作乐，器以钟之，舆以行之。小者不窕，大者不摦，则和于物，物和则嘉成。"杜预注："窕，细不满。摦，横大不入。"窕，细小。摦，宽。

⑩大鸣小鸣：《礼记·学记》："若撞钟，叩之以小者则小鸣，叩之以大者则大鸣，待其从容，然后尽其声。"

⑪"有若"二句：《诗·陈风·宛丘》："坎其击缶，宛丘之道。"传："坎坎，击鼓声。盎谓之缶。"

⑫"又如"二句：《诗·召南·殷其雷》："殷其雷，在南山之阳。"传："殷，雷声也。"

⑬四聪之耳必达：《书·舜典》："明四目，达四聪。"传："广视听于四方，使天下无壅塞。"

⑭七诤之臣乃来：《孝经》："昔者天子有争臣七人，虽无道，不失其天下。"争，通"诤"。

⑮朝无面从之患：《书·益稷》："予违，汝弼，汝无

面从，退有后言。"面从，当面顺从。

⑯沃心：谓使内心受启发，多指以治国之道开导帝王。《书·说命》："启乃心，沃朕心。"

⑰义之与比：《论语·里仁》："子曰：'君子之于天下也，无适也，无莫也，义之与比。'"

⑱德必有邻：《论语·里仁》："子曰：'德不孤，必有邻。'"

⑲将善旌而并建：《史记·孝文本纪》："古之治天下，朝有进善之旌。"集解："应劭曰：旌，幡也。尧设之五达之道，令民进善也。如淳曰：欲有进善者，立于旌下言之。"

⑳谤木：相传舜时于交通要道竖立木柱，让人在上面写谏言，称"谤木"。《淮南子·主术训》："尧置敢谏之鼓，舜立诽谤之木。"

㉑献替：即"献可替否"。进献可行者，废去不可行者。泛指议论国事兴革。《左传》昭公二十年："君所谓可而有否焉，臣献其否以成其可。君所谓否而有可焉，臣献其可以去其否。"

【赏读】

本文作于长庆三年（823）以前。

这篇律赋是体物赋，本非议论题材，但是，白居易却不从敢谏鼓的外形特征着笔，而是借状物、叙事，抒发其政见和理想，从敢谏鼓之成就君臣之名、备察庭诤方面立论，借写鼓来倡导诤谏之意显而易见。其中所云："洋洋盈耳，幽赞逆耳之言；坎坎动心，明启沃心之谏。"显然是借咏敢谏鼓，倡导诤谏之风。清李调元《赋话》："《敢谏鼓赋》云：'洋洋盈耳，幽赞逆耳之言；坎坎动心，明启沃心之谏。'取材经籍，撰句绝工，所谓不烦绳削而自合者。"

　　当然，鼓者器也，谏者心也，得心可以舍器，正如陆菜《历朝赋格》评白赋所云："以鼓召谏者器，以耳受谏者心，故朱槛不易，而安昌之剑卒免杜邮；白樽虽施，而魏晋之廷未闻扬觯。善法尧舜，惟在明目达聪，使嘉言罔伏，奚系于鼓之设与不设也。用舍因人，一言破的。"

赋赋

以"赋者古诗之流①"为韵。

赋者，古诗之流也。始草创于荀、宋，渐恢张于贾、马。②冰生乎水，初变本于典坟；青出于蓝，复增华于风雅。而后谐四声，祛八病，③信斯文之美者。

我国家恐文道浸衰，颂声凌迟。乃举多士，命有司。酌遗风于三代，明变雅于一时。④全取其名，则号之为赋；杂用其体，亦不出乎诗。四始尽在，六义无遗。⑤

是谓艺文之敬策，述作之元龟。观夫义类错综，词采舒布。文谐宫律⑥，言中章句⑦。华而不艳，美而有度。雅音浏亮，必先体物以成章；⑧逸思飘飘，不独登高而能赋⑨。

其工者，究笔精，穷旨趣，何惭《两京》于班固⑩；其妙者，抽秘思，骋妍词，岂谢《三都》于左思⑪。掩黄绢之丽藻⑫，吐白凤之奇姿⑬。振金声于寰海⑭，增纸价于京师⑮。则《长杨》《羽猎》⑯之徒，胡为比也；《景福》《灵光》⑰之作，未足多之。

所谓立意为先，能文为主。炳如缋素⑱，铿若钟鼓。郁郁哉溢目之黼黻⑲，洋洋乎盈耳之《韶》《武》⑳。信可以凌轹《风》《骚》，超轶今古者也。

今吾君网罗六艺，淘汰九流。微才无忽，片善是求。况赋者雅之列，颂之俦。可以润色鸿业，可以发挥皇猷，客有自谓握灵蛇之珠㉑者，岂可弃之而不收。

【注释】

①赋者古诗之流：出自班固《两都赋序》："赋者，古诗之流也。"

②"始草创"二句：荀、宋，指荀况、宋玉。贾、马，指贾谊、司马相如。《文心雕龙·诠赋》："然赋也者，受命于诗人，拓宇于《楚辞》也。于是荀况《礼》《智》，宋玉《风》《钓》，爰锡名号，与诗画境。六义附庸，蔚成大国。……汉初词人，顺流而作。陆贾扣其端，贾谊振其绪。枚、马同其风，王、扬骋其势。皋、朔已下，品物毕图。繁积于宣时，校阅于成世。"

③谐四声，祛八病：四声，《南齐书·陆厥传》："永明末，盛为文章。吴兴沈约、陈郡谢朓、琅琊王融以气类相推毂。汝南周颙善识声韵，约等文皆用宫商，以平上去入为四声，以此制韵……不可增减。世呼为永明

体。"八病，指作诗时应避免的八种弊病。一般指平头、上尾、蜂腰、鹤膝、大韵、小韵、正纽、旁纽。所谓四声八病，原应用于诗体，此则指唐代律赋，盖充类言之。

④"我国家"六句：唐代进士科试初但试策文而已，后改为试帖经、杂文、策文三场。徐松《登科记考》："按杂文两首，谓箴铭论表之类。开元间始以赋居其一，或以诗居其一，亦有全用诗赋者，非定制也。杂文之专用诗赋，当在天宝之间。"

⑤"四始"二句：四始，《毛诗序》："是以一国之事，系一人之本，谓之风。言天下之事，形四方之风，谓之雅。雅者正也，言王政之所由废兴也。政有小大，故有小雅焉，有大雅焉。颂者，美盛德之形容，以其成功告于神明者也。是谓四始，诗之至也。"六义，《毛诗序》："故诗有六义焉：一曰风，二曰赋，三曰比，四曰兴，五曰雅，六曰颂。"白居易承班固、刘勰诸人说，以赋源出于《诗》，以文体之赋源自赋写、赋诵之赋，故谓四始皆用赋，六义亦不遗赋。

⑥宫律：即宫商律吕。《文心雕龙·声律》："夫音律所始，本于人声者也。声含宫商，肇自血气。先王因之，以制乐歌。"

⑦言中章句：《文心雕龙·章句》："夫设情有宅，置言有位。宅情曰章，位言曰句。故章者，明也；句者，

局也。局言者，联字以分疆；明情者，总义以包体。"

⑧"雅音"二句：《文赋》："诗缘情而绮靡，赋体物而浏亮。"

⑨登高而能赋：《汉书·艺文志》："传曰：不歌而诵谓之赋，登高能赋可以为大夫。"

⑩何惭《两京》于班固：班固作《两都赋》。

⑪岂谢《三都》于左思：左思作《三都赋》。

⑫掩黄绢之丽藻：《世说新语·捷悟》："魏武尝过曹娥碑下，杨修从。碑背上见题作'黄绢幼妇，外孙齑白'八字，魏武谓修曰：'解不？'答曰：'解。'魏武曰：'卿未可言，待我思之。'行三十里，魏武乃曰：'吾已得。'令修别记所知。修曰：'黄绢，色丝也，于字为绝。幼妇，少女也，于字为妙。外孙，女子也，于字为好。齑白，受辛也，于字为辞，所谓绝妙好辞也。'"

⑬吐白凤之奇姿：《西京杂记》卷二："（扬）雄著《太玄经》，梦吐凤皇集《玄》之上，顷而灭。"后世用来称颂人富于文采。

⑭振金声于寰海：《孟子·万章下》："孔子之谓集大成。集大成也者，金声而玉振之也。"

⑮增纸价于京师：《晋书·文苑传·左思》："欲赋三都……遂构思十年……于是豪贵之家竞相传写，洛阳为之纸贵。"

⑯《长杨》《羽猎》：扬雄作《长杨赋》和《羽猎赋》。这里代指畋猎赋。

⑰《景福》《灵光》：何晏作《景福殿赋》，王延寿作《鲁灵光殿赋》。这里代指宫廷赋。

⑱缋素：即绘素，绘事后素的简称。比喻在朴素的背景下才可以描绘图画。《论语·八佾》："子夏问曰：'"巧笑倩兮，美目盼兮，素以为绚兮。"何谓也？'子曰：'绘事后素。'"

⑲黼黻（fǔ fú）：泛指礼服上的精美花纹。《周礼·冬官考工记》："画缋之事，杂五色……青与赤谓之文，赤与白谓之章，白与黑谓之黼，黑与青谓之黻。"

⑳《韶》《武》：指《大韶》和《大武》，属五代乐舞。《大韶》即韶乐，为舜帝所作，是文乐之宗；《大武》为周武王所作，为武乐之宗。

㉑灵蛇之珠：指无价之宝，也比喻非凡的才能。曹植《与杨德祖书》："然今世作者，可略而言也……当此之时，人人自谓握灵蛇之珠，家家自谓抱荆山之玉。"

【赏读】

本文作于长庆三年（823）以前。共分为三个部分：一是论赋的起源；二是对唐代以诗赋取士制度的肯定，支持律赋的价值；三是论述了作赋的要求。

这篇《赋赋》在文学史上影响深远，后代有很多拟仿之作。原因何在？其一，《赋赋》融创作和理论批评于一体，形式独创。与其他文体相比，赋体本来更长于也更适于体物，但在发展中逐渐向叙事、说理等开拓，在此基础之上，《赋赋》更开辟出一个新的方向——以赋论艺，以赋论赋。从学习的角度来看，愈是富有创新精神的作品，愈能激发后世拟仿的兴趣。其二，《赋赋》充分肯定贞元、元和年间定型的律赋的价值和创作成就，意识领先。领先是把双刃剑，意味着有可能面临质疑，而拟仿者正可从正反两个方面加以进一步探讨或争论。正面之拟仿，结构大致与白赋一样，先通论赋的源流、发展，再延伸至归纳律赋的美学特征、创作原则及社会功用；反面之翻案，则或上追汉赋，或下延至宋代文赋，要之在反驳入律之赋风。

白居易《赋赋》首创以赋论赋的批评样式，总结赋史，论述赋体特征，概括其功用，称美唐代试赋制度，肯定律赋润色鸿业的价值，尽管创见无多，且较新乐府诗论或《敢谏鼓赋》更趋保守，但强调立意为先，能文为主，推崇华而不艳、美而有度。这一文学样式在后代尤其在清代受到推崇，乃蔚然形成以赋论赋的风气。

荷珠赋

以泣珠兹鲜莹为韵。

迸水所集，轻荷正敷。引修茎而出叶，凝散液以成珠。净绿田田，神龟之巢处斯在[①]；虚明皎皎，灵鹊之衔来岂殊[②]？既罗列其青盖，又昭章于白榆。

乱点的皪[③]，分规青莹。仰虚无以上出，掩晶莹而外映。洒之不着，湛兮逾净。时寄寓于倾欹，每因依于平正。可止则止，必荷之中央；在圆而圆，得水之本性。

风飙既息而常凝，鱼鸟频冲而不定。尔乃一气晴后，初阳照前。宿雨霁而犹在，晓露裛[④]而正鲜。熠熠有光，映空水而焕若；累累无数，遍池塘而炯然。

宛转而鱼目[⑤]回视，冲融而蚌胎[⑥]未坚。因沾濡而小大，随散合以亏全。轻彩荡渊，芳浓厌浥。明玑[⑦]而夜月争光，丹粟[⑧]而晨霞散入。

其息也与波俱停，其动也与风皆急。若转于掌，乃是江妃[⑨]之珠；如凝于盘，遂成泉落之泣[⑩]。冰壶[⑪]

捧之而殊伦，水镜沈精⑫而莫及。

则知气有相假，物有相资。唯雨露之留处，当芙蓉之茂时。虽赋象而无准，必成形而在兹。喻于人则寄之生也⑬，拟于道⑭则冲而用之。自契玄珠之妙，何求赤水之遗。⑮

【注释】

①"神龟"句：《史记·龟策列传》："余至江南，观其行事，问其长老，云龟千岁乃游莲叶之上，著百茎共一根。"

②"灵鹊"句：《初学记》卷二十七引王子年《拾遗记》："有凤衔明珠致于庭，少昊乃拾珠怀之，使照服于天下。"

③的皪（dì lì）：光亮、鲜明貌。

④裛（yì）：通"浥"，沾湿。

⑤鱼目：卢谌《赠刘琨并书》："夜光报于鱼目。"《文选》李善注："《雒书》曰：秦失金镜，鱼目入珠。郑玄曰：鱼目乱真珠。"

⑥蚌胎：扬雄《羽猎赋》："方椎夜光之流离，剖明月之珠胎。"《文选》李善注："明月珠，蚌子珠，为蚌所怀，故曰胎。"

⑦明玑：左思《吴都赋》："赪丹明玑，金华银朴。"

⑧丹粟：张衡《南都赋》："绿碧紫英，青膲丹粟。"

⑨江妃：郭璞《江赋》："冰夷倚浪以傲睨，江妃含嚬而瞵眇。"《文选》李善注："《列仙传》曰：江妃二女，出游江滨，郑交甫所挑者。"

⑩泉落之泣：左思《吴都赋》："泉室潜织而卷绡，渊客慷慨而泣珠。"《文选》引刘逵注："俗传鲛人从水中出，曾寄寓人家，积日卖绡。绡者，竹孚俞也。鲛人临去，从主人索器，泣而出珠满盘，以与主人。"落，《文苑英华》校："疑作客。"《全唐文》据改。

⑪冰壶：鲍照《白头吟》："直如朱丝绳，清如玉壶冰。"

⑫水镜沈精：《晋书·乐广传》："此人之水镜，见之莹然。"《抱朴子·登涉》："万物之老者，其精悉能假托人形，以眩惑人目而常试人，唯不能于镜中易其真形耳。"

⑬"喻于人"句：此以荷珠喻人生短暂。《淮南子·精神训》："生，寄也；死，归也。"

⑭拟于道：《老子》四章："道冲，而用之或不盈。渊兮，似万物之宗。"

⑮"自契"二句：《庄子·天地》："黄帝游乎赤水之北，登乎昆仑之丘而南望，还归，遗其玄珠。"

【赏读】

荷珠，陆云《芙蓉诗》："盈盈荷上露，灼灼如明珠。"

本文是一篇咏物赋，描写荷珠赋物成形、无迹可求之天然清纯，描摹逼真，体物细腻，善用烘托点染之法，词句雅且丽，对偶巧而工。李调元《赋话》盛赞其中"若转于掌，乃是江妃之珠；如凝于盘，遂成泉客之泣"两句，言其"能于两旁渲染，故虚实兼到，而不入纤靡"。此外，"凝散液以成珠"、"掩晶莹而外映"、"明玑而夜月争光，丹粟而晨霞散入"描摹荷珠璀璨之美；"风飙既息而常凝，鱼鸟频冲而不定"、"因沾濡而小大，随散合以亏全"，刻画露珠晶莹之态，亦可圈可点。

这篇律赋更难能可贵者，能由咏物而知理。在众多咏物赋作中，《荷珠赋》格外受到拟仿者青睐，大概与此有关。荷珠之理在哪里呢？在"气有相假，物有相资"的体会里——荷珠的存在，必须依靠雨露之留处、荷叶之茂时；作者还由荷珠进一步联想到人之寄生于世，"喻于人则寄之生也，拟于道则冲而用之"；末句径用《庄子·天地》黄帝游赤水遗玄珠之典，点明自契玄珠似有而实无之妙，无须更求赤水有形有迹之遗，得出顺乎自然的思想。

卷五 其他

幕席天地，瞬息百年，
陶陶然，昏昏然，
不知老之将至。

醉吟先生传

　　醉吟先生者，忘其姓字、乡里、官爵，忽忽不知吾为谁也。宦游三十载，将老，退居洛下。所居有池五六亩，竹数千竿，乔木数十株，台榭舟桥①，具体而微，先生安焉。

　　家虽贫，不至寒馁；年虽老，未及耄。性嗜酒，耽琴，淫诗。凡酒徒、琴侣、诗客，多与之游。游之外，栖心释氏，通学小中大乘法。

　　与嵩山僧如满②为空门友，平泉客韦楚③为山水友，彭城刘梦得为诗友，安定皇甫朗之④为酒友。每一相见，欣然忘归。

　　洛城内外六七十里间，凡观寺丘墅有泉石花竹者，靡不游。人家有美酒鸣琴者，靡不过。有图书歌舞者，靡不观。

　　自居守洛川洎布衣家，以宴游召者，亦时时往。每良辰美景，或雪朝月夕，好事者相过，必为之先拂酒罍，次开诗箧。酒既酣，乃自援琴，操宫声，弄

《秋思》⑤一遍。若兴发，命家僮调法部丝竹，合奏
《霓裳羽衣》⑥一曲。若欢甚，又命小妓歌《杨柳枝》
新词十数章。放情自娱，酩酊而后已。

　　往往乘兴，屡及邻，杖于乡，骑游都邑，肩舁⑦适
野。舁中置一琴一枕，陶、谢诗数卷。舁竿左右悬双
酒壶，寻水望山，率情便去。抱琴引酌，兴尽而返。
如此者凡十年。其间日赋诗约千余首，岁酿酒约数百
斛，而十年前后赋酿者不与焉。

　　妻孥弟侄虑其过也，或讥之不应，至于再三。乃
曰：凡人之性鲜得中，必有所偏好。吾非中者也。设
不幸吾好利而货殖焉，以至于多藏润屋，贾祸危身，
奈吾何？设不幸吾好博弈，一掷数万，倾财破产，以
至于妻子冻馁，奈吾何？设不幸吾好药，损衣削食，
炼铅烧汞，以至于无所成，有所误，奈吾何？今吾幸
不好彼，而自适于杯觞讽咏之间，放则放矣，庸何伤
乎？不犹愈于好彼三者乎？此刘伯伦⑧所以闻妇言而不
听，王无功⑨所以游醉乡而不还也。

　　遂率子弟入酒房，环酿瓮，箕踞仰面，长吁太息
曰：吾生天地间，才与行不逮于古人远矣。而富于黔
娄，寿于颜回，饱于伯夷，乐于荣启期，健于卫叔宝，
幸甚幸甚，余何求哉？若舍吾所好，何以送老？因自
吟咏怀诗云："抱琴荣启乐，纵酒刘伶达。放眼看青

山，任头生白发。不知天地内，更得几年活。从此到终身，尽为闲日月。"

吟罢自哂，揭瓮拨醅，又引数杯，兀然而醉。既而醉复醒，醒复吟，吟复饮，饮复醉。醉吟相仍，若循环然。繇是得以梦身世，云富贵，幕席天地，瞬息百年，陶陶然，昏昏然，不知老之将至。古所谓得全于酒者，故自号为醉吟先生。

于时开成三年，先生之齿六十有七，须尽白，发半秃，齿双缺，而觞咏之兴犹未衰。顾谓妻子云：今之前吾适矣，今之后吾不自知其兴何如。

【注释】

①舟桥：唐人园林胜景，多写泛舟之乐，贵游者尤其如此。

②如满：白居易《佛光和尚真赞》："和尚姓陆氏，号如满，居佛光寺东芙蓉山兰若。"《景德传灯录》载："洛京佛光如满禅师，曾住五台山金阁寺。"

③韦楚：唐代河南洛阳人，居洛阳伊阙平泉。《册府元龟》："韦楚，京兆尹韦长之兄。文宗大和八年，以楚为左拾遗内供奉，竟以自乐闲澹不起。"《剧谈录》："平泉庄去洛城三十里，……庄东南隅即征士韦楚老拾遗别墅。楚老风韵高致，雅好山水。"

④皇甫朗之：皇甫曙，字朗之，乃居易亲家翁。居易有《闲吟赠皇甫郎中亲家翁》等诗与之有关。

⑤《秋思》：白居易《池上篇》序云："蜀客姜发授《秋思》，声甚淡。"

⑥《霓裳羽衣》：白居易《池上篇》序云："又命乐童登中岛亭，合奏《霓裳散序》。"

⑦肩舁（yú）：亦作"肩舆"，乘坐轿子。

⑧刘伯伦：即刘伶，字伯伦，"竹林七贤"之一。嗜酒，作有《酒德颂》。

⑨王无功：即王绩，字无功，唐代诗人。耽酒，作有《醉乡记》。

【赏读】

本文作于开成三年（838），洛阳。

王谠《唐语林》："白居易葬龙门山，河南尹卢贞刻《醉吟先生传》于石，立于墓侧。相传洛阳士人及四方游人过瞩墓者，必奠以卮酒，故冢前方丈之土常成渥。"

白居易和陶渊明、李白一样，性嗜酒，自号"醉吟先生"。本文仿陶渊明《五柳先生传》的笔法，假托为不知姓名的"醉吟先生"立传，实乃作者自传。全篇以"醉吟"二字为文眼，抒发嗜酒耽琴吟诗之乐。

　　唐代康骈《剧谈录》载："白尚书为少傅，分务洛师，情兴高逸，每有云泉胜境，靡不追游。常以诗酒为娱，因著《醉吟先生传》以叙。"元代权臣许有壬《题乐天醉吟先生传池上篇》说："香山白公勇退于强健时，享闲居之乐者十八年。吾乡魏忠献韩公慕之，作醉白堂，东坡苏公作记，谓公道德高于古人，非溢美也。"许有壬少年时读《醉吟先生传》《池上篇》就慨然有摆脱尘俗之想，六十二岁回乡归隐，住在圭塘西郭。每圭塘风清日美，饭饱茶余，许有壬即朗诵二文一遍，以为闲居之至乐。

　　明代詹景凤《古今寓言》评价此文云："醉而吟，吟而醉，洵且乐矣。然岂其志哉！世言白乐天所蕴不得施，乃放意文酒。观其语妻子，以性所偏好，而自附得全于酒，意亦远矣。……乐天自幸适于醉吟，而举三好，较其优劣，彼诚如取舍矣。然惟有乐天之蕴藉旷达，故得北而逃焉。不然世之沉湎日富者何限也。文字一气呵成，略无斧凿痕。咏怀诗深悟南华老仙达生之旨，结二句有余不尽。"

　　清代马星翼《东泉诗话》云："《醉吟先生传》，白之自序，甚乐，但彼已从富贵寿考来，安得不云尔邪？白较之流俗鄙夫，固为远过，若天民大人之事，或未许相绳。"

醉吟先生墓志铭并序

　　先生姓白，名居易，字乐天。其先太原人也。秦将武安君起之后。高祖讳志善，尚衣奉御。曾祖讳温，检校都官郎中。王父讳锽，侍御史，河南府巩县令。先大父讳季庚，朝奉大夫，襄州别驾，大理少卿，累赠刑部尚书，右仆射。先大父夫人陈氏，赠颍川郡太夫人。妻杨氏，弘农郡君。兄幼文①，皇浮梁县主簿。弟行简②，皇尚书膳部郎中。一女，适监察御史谈弘谟。三侄：长曰味道，庐州巢县丞。次曰景回，淄州司兵参军。次曰晦之，举进士。乐天无子，以侄孙阿新为之后③。

　　乐天幼好学，长工文。累进士、拔萃、制策三科，始自校书郎，终以少傅致仕。前后历官二十任，食禄四十年。外以儒行修其身，中以释教治其心，旁以山水风月歌诗琴酒乐其志。前后著文集七十卷，合三千七百二十首，传于家。又著《事类集要》三十部，合一千一百三十门，时人目为《白氏六帖》④，行于世。

凡平生所慕所感，所得所丧，所经所遇所通，一事一物已上，布在文集中，开卷而尽可知也，故不备书。大历六年正月二十日生于郑州新郑县东郭宅，以会昌六年月日终于东都履道里私第，春秋七十有五。以某年月日葬于华州下邽县⑤临津里北原，祔侍御、仆射二先茔也。

启手足之夕，语其妻与侄曰：吾之幸也，寿过七十，官至二品，有名于世，无益于人，褒优之礼，宜自贬损。我殁当敛以衣一袭，送以车一乘，无用卤簿葬，无以血食祭，无请太常谥，无建神道碑。但于墓前立一石，刻吾《醉吟先生传》一本可矣。语讫命笔，自铭其墓云：

乐天乐天，生天地中，七十有五年。其生也浮云然，其死也委蜕⑥然。来何因，去何缘？吾性不动，吾形屡迁。已焉已焉，吾安往而不可，又何足厌恋乎其间？

【注释】

①幼文：居易兄白幼文，同宗兄弟中排行老大。白幼文曾任浮梁县主簿，居易尊称其为浮梁大兄。

②行简：白行简，字知退，白居易弟。贞元末年（805）进士。曾任皇尚书膳部郎中。

③以侄孙阿新为之后：《旧唐书·白居易传》作：
"无子，以其侄孙嗣。"

④《白氏六帖》：《新唐书·艺文志三》："《白氏经
史事类》三十卷。白居易。一名《六帖》。"《郡斋读书
志》："《六帖》三十卷。唐白居易撰。以天地事物分门
类为声偶，而不载所出书。曾祖父秘阁公为之注，行于
世。世传居易作《六帖》，以陶家瓶数千各题名目，置斋
中，命诸生采集其事类投瓶内，倒取之，钞录成书。故
所记时代多无次序云。"

⑤葬于华州下邽县：白居易有《祭弟文》："下邽北
村，尔茔之东，是吾他日归全之位。"白居易祖父和父亲
皆葬于下邽，白居易要求也葬于此，此其初命，亦为一
般之惯例。《旧唐书·白居易传》："遗命不归下邽，可葬
于香山如满师塔之侧，家人从命而葬焉。"

⑥委蜕（wěi tuì）：形容蝉丢弃其所蜕之皮，引申为
死亡。委，舍弃，丢弃。

【赏读】

本文文题在《文苑英华》中作"自撰墓志"。管见
抄本题下注："开成四年，中风疾后作。"据此注，本文
当作于开成四年（839）。然文中又有"寿过七十""以
会昌六年月日终"等语，则说明本文至会昌中又有改动。

　　岑仲勉《白集醉吟先生墓志铭存疑》一文认为此篇为伪作，提出如下质疑：（一）本文称季庚为"先大父"，白居易文无称考为大父之例；（二）本文称季庚"朝奉大夫"，但唐代无此职，而有朝散大夫；（三）称陈氏"先大父夫人"，误同（一）；（四）书幼文、行简衔加"皇"字，体例不当；（五）此文中讲到有三位侄子味道、景回、晦之，《新唐书·宰相世系表》只有景受、味道，二者所述不合；（六）"以侄孙阿新为之后"，与李商隐所撰碑及《世系表》所述不合；（七）本文称终以少傅致仕，居易实以刑部尚书致仕；（八）本文称白居易大历六年（771）生，居易实生于大历七年（772）壬子；（九）本文称葬于华州下邽县临津里，白氏先茔在下邽县义津乡；（十）本文称白居易又著《事类集要》，时人目为《白氏六帖》，然白集中及元稹等人均未言及著此书。陈寅恪《元白诗笺证稿》据岑说判此篇为伪作，朱金城《白居易集笺校》亦赜其说。

　　耿元瑞、赵从仁《岑仲勉〈白集醉吟先生墓志铭存疑〉辨》一文对岑说各点有辩驳。芳村弘道《白居易〈醉吟先生墓志铭〉之真伪》不同意伪作说，他提出管见抄本有题注"开成四年，中风疾后作"，与《旧唐书》本传所载"四年冬，得风病"，"仍自为墓志铭"正相合。然后对岑氏所提出的疑点，逐一辨析。比如，"先大父""先大父夫人",当据《文苑英华》管见抄本作"先大夫""先太夫人";"朝奉大夫"或为宋人误书(宋职官有此衔);"临津里"亦为传抄之讹;生年之讹亦属误记或传写之误;等等。总之,芳村弘道等认为管见抄本是白居易自作墓志的有力旁证。

祭微之①文

　　维大和五年岁次辛亥，十月乙丑朔，十日辛巳，中大夫、守河南尹、上柱国、晋阳县开国男、食邑三百户、赐紫金鱼袋白居易，以清酌庶羞之奠，敬祭于故相国、鄂岳节度使、赠尚书右仆射元公微之：惟公家积善庆，天钟粹和，生为国祯，出为人瑞。行业志略，政术文华，四科全才，一时独步。虽历将相，未尽谟猷②。故风声但树于蕃方③，功利不周于夷夏。

　　噫！此苍生之不大遇也，在公岂有所不足耶？《诗》云："淑人君子，胡不万年？"④又云："如可赎兮，人百其身。"⑤此古人哀惜贤良之恳辞也。若情理愤痛，过于斯者，则号呼壹⑥郁之不暇，又安可胜言哉？

　　呜呼微之！贞元季年，始定交分。行止通塞，靡所不同。金石胶漆，未足为喻。死生契阔者三十载，歌诗唱和者九百章，播于人间，今不复叙。至于爵禄患难之际，寤寐忧思之间，誓心同归，交感非一，布在文翰，今不重云。

　　唯近者公拜左丞，自越过洛，醉别悲咤⑦，投我二诗云："君应怪我留连久，我欲与君辞别难。白头徒侣渐稀少，明日恐君无此欢。"又曰："自识君来三度别，这回白尽老髭须。恋君不去君须会，知得后回相见无。"吟罢涕零，执手而去。私揣其故，中心惕然。

　　及公捐馆于鄂，悲讣忽至。一恸之后，万感交怀。覆视前篇，词意若此。得非魄兆先知之乎？无以寄悲情，作哀词二首⑧，今载于是，以附奠文。其一云："八月凉风吹白幕，寝门廊下⑨哭微之。妻孥亲友来相吊，唯道皇天无所知。"其二云："文章卓荦生无敌，风骨精灵殁有神。哭送咸阳北原上，可能随例作埃尘⑩？"

　　呜呼微之！始以诗交，终以诗决⑪。弦笔两绝，其今日乎！呜呼微之！三界之间，孰不生死？四海之内，谁无交朋？然以我尔之身，为终天之别。既往者已矣，未死者如何？呜呼微之！六十衰翁，灰心血泪，引酒再奠，抚棺一呼。佛经云："凡有业结，无非因集。"⑫与公缘会，岂是偶然？多生已来，几离几合？既有今别，宁无后期？公虽不归，我应继往。安有形去而影在、皮亡而毛存者乎？

呜呼微之，言尽于此。尚飨！

【注释】

①微之：即元稹，字微之。

②谟猷（mó yóu）：谋略，谋划。

③蕃方：同"藩方"，方镇。

④"《诗》云"及以下二句：《诗·曹风·鸤鸠》："鸤鸠在桑，其子在榛。淑人君子，正是国人。正是国人，胡不万年？"笺："正，长也。能长人，则人欲其寿考。"

⑤"又云"及以下二句：《诗·秦风·黄鸟》："彼苍者天，歼我良人。如可赎矣，人百其身。"

⑥壹：马本、郭本作"抑"。《文苑英华》管见抄本作"噎"。

⑦悲咤（zhà）：亦作"悲诧"。悲叹，悲愤。

⑧哀词二首：二诗又见《白氏文集》卷二十七，题作《哭微之二首》。二首，《文苑英华》作"三章"。

⑨寝门廊下：《礼记·檀弓上》："伯高死于卫，赴于孔子。孔子曰：'吾恶乎哭诸？兄弟，吾哭诸庙。父之友，吾哭诸庙门之外。师，吾哭诸寝。朋友，吾哭诸寝门之外。所知，吾哭诸野。'"

⑩埃尘：此下《文苑英华》管见抄本有"其三云今

生岂有相逢日未死应无暂忘时从此三篇收泪后终身无复更吟诗”三十一字。

⑪决：那波本、马本作“诀”。

⑫“佛经云”及以下二句：不详所出，疑涉意构，即据业报因果为说。《佛本行集经》卷五十：“但是众生造善恶业，随业因缘而受是报。”《杂阿含经》卷十二：“因集故苦集，因灭故苦灭。”

【赏读】

本文作于大和五年（831）十月，洛阳。文题在《文苑英华》中作“祭元相公文”。

大和五年（831）七月，元稹亡于武昌军节度使任上，终年五十三岁。八月，元稹灵柩被运送到洛阳，白居易作哀词二首，即本文中提到的哀词，十月，白居易作《祭微之文》。大和六年（832）七月，元稹葬于咸阳，白居易为其撰写墓志，并作《元相公挽歌词三首》：

一

铭旌官重威仪盛，骑吹声繁卤簿长。

后魏帝孙唐宰相，六年七月葬咸阳。

二

墓门已闭筲篱去，唯有夫人哭不休。

苍苍露草咸阳垄，此是千秋第一秋。

三

送葬万人皆惨淡，反虞驷马亦悲鸣。

琴书剑佩谁收拾，三岁遗孤新学行。

元稹去世十年后，已经七十岁的白居易有一天在好友卢子蒙那里看到卢子蒙与元稹的唱和诗，感今伤昔，不禁老泪纵横，写下这样的诗句："昔闻元九咏君诗，恨与卢君相识迟。今日逢君开旧卷，卷中多道赠微之。相看泪眼情难说，别有伤心事岂知？闻道咸阳坟上树，已抽三丈白杨枝。"其深情厚谊，让人动容。

祭浮梁大兄[①]文

　　维元和十二年岁次丁酉，闰五月己亥，居易等谨以清酌庶羞[②]之奠，再拜跪奠大哥于座前。

　　伏惟哥孝友慈惠，和易谦恭，发自修身，施于为政。行成门内，信及朋僚。廉干露于官方，温重形于酒德。冀资福履，保受康宁，不谓才及中年，始登下位。辞家未踰数月，寝疾未及两旬，皇天无知，降此凶酷。交游行路，尚为兴叹；骨肉亲爱，岂可胜哀。举声一号，心骨俱碎。今属日时叶吉[③]，窆穸[④]有期。下邽南原，永附松槚。[⑤]居易负忧系职，身不自由。伏枕[⑥]之初，既阙在左右；执绋[⑦]之际，又不获躬亲。痛恨所钟，倍百常理。

　　呜呼！追思曩昔，同气四人[⑧]。泉壤九重，刚奴早逝。巴蜀万里，行简未归。[⑨]茕然一身，漂弃在此。自哥至止，形影相依。死灰之心，重有生意。[⑩]岂料避弓之日，毛羽摧颓；[⑪]垂白之年，手足断落。谁无兄弟？孰不死生？酌痛量悲，莫如今日。宅相[⑫]痴小，居易无男。抚视之间，过于犹子。其余情礼，非此能伸。伏冀慈灵，俯鉴悲恳。哀缠痛结，言不成文。

呜呼哀哉！伏惟尚飨。

【注释】

①浮梁大兄：白居易的长兄白幼文，幼文于贞元十五年（799）任浮梁县主簿，故称"浮梁大兄"。浮梁，在今江西景德镇。

②清酌庶羞：清醇美酒，多样佳肴。此指祭奠用品。

③日时叶吉：意谓日子和时辰正合吉日良辰。叶，通"协"。

④窀穸（zhūn xī）：墓穴，这里指埋葬。

⑤"下邽"二句：下邽，今属陕西渭南，白居易祖、父皆葬于此。白氏祖茔原在韩城县，居易祖父改卜于下邽县，幼文也归葬下邽。松槚（jiǎ），两种树木，常栽于墓地，故以代指墓地。

⑥伏枕：伏卧在枕上，后多指因病弱、年老而长久卧床。

⑦执绋：意为送葬。绋，牵引灵车的绳索。

⑧同气四人：兄弟四人。白居易兄弟四人，为白幼文、白居易、白行简、白幼美。幼美小字金刚奴，即下文所谓"刚奴"。

⑨"巴蜀"二句：白行简元和九年（814）五六月赴剑南东川节度使卢坦幕，此时无法回来奔丧。

⑩"自哥至止"四句：幼文于元和十一年（816）夏至江州，与白居易聚。《与微之书》："长兄去夏自徐州至。"

⑪"岂料"二句：《战国策·楚策四》："更羸与魏王处京台之下，仰见飞鸟，更羸谓魏王曰：'臣为王引弓虚发而下鸟。'魏王曰：'然则射可至此乎？'更羸曰：'可。'有间，雁从东方来，更羸以虚发而下之。魏王曰：'然则射可至此乎？'更羸曰：'此孽也。'王曰：'先生何以知之？'对曰：'其飞徐而鸣悲。飞徐者，故疮痛也；鸣悲者，久失群也。故疮未息而惊心未去也，闻弦音引而高飞，故疮陨也。'"

⑫宅相：《白氏文集》卷三十《狂言示诸侄》，"诸侄"金泽文库本作"三侄"，注："三侄，谓宅相、匡帏、龟儿也。"宅相，当为幼文之子。

【赏读】

本文作于元和十二年（817），江州。题下原注："时在九江。"

被贬为江州司马后，白居易谪居僻地，唯一值得庆幸之事，就是得以与兄长白幼文相会，所谓"自哥至止，形影相依。死灰之心，重有生意"。未料，不久兄长就病逝了。一时间，白居易"举声一号，心骨俱碎"。尤其令他欷歔的是，兄长卧病之时，自己未能服侍左右；兄长出殡之日，自己又不能亲自送行。

主簿为主管文书的小官吏，白幼文任此职，薪水微薄。白居易《伤远行赋》中说："贞元十五年春，吾兄吏于浮梁，分微禄以归养，命余负米而还乡。"可见，白幼文以微薄的俸禄，供养着家人，因此白居易对兄长怀着深深的敬重之情。惊闻兄长去世的噩耗，他肝悲心裂，强忍凄楚悲痛，写成这篇《祭浮梁大兄文》。

白居易兄弟共四人，为白幼文、白居易、白行简、白幼美（小字金刚奴）。幼美早年夭逝，三弟行简远在千里之外，居易原指望与兄长厮守，怎奈天不遂人愿，"垂白之年，手足断落"，"感人心者，莫先乎情"（《与元九书》），白居易虽自称"哀缠痛结，言不成文"，但这篇《祭浮梁大兄文》实可谓是一篇感人至深的佳作。

祭庐山文

　　维元和十二年岁次丁酉，三月辛酉朔[①]，二十五日乙酉，将仕郎[②]、守江州司马白居易以香火酒脯，告于庐山遗爱寺四旁上下大小诸神：

　　居易夙闻匡庐天下神秀，幸因左宦[③]，得造兹山。又闻永、远、宗、雷[④]同居于是，道俗并处，古之遗风。而遗爱西偏，郑氏旧隐[⑤]，三寺长老，招予此居。创新堂宇，疏旧泉沼，或来或往，栖迟其间。不唯耽玩水石，以乐野性；亦欲摆去烦恼，渐归空门。倪秩满以来，得以自遂，余生终老，愿托于斯。今葺构既成，游息方始。爰以洁敬，荐兹馨香。不敢媚神，不敢禳福。但使疵疠[⑥]不作，魑魅不逢。猛兽毒虫，各安其所。苟人居之静谧，则神道之光明。斋心露诚，庶几有答。尚飨。

【注释】

　　①三月辛酉朔：三月，绍兴本等作“二月”，据林罗

山本、蓬左本改。辛酉朔，三字据林罗山本、蓬左本、《文苑英华》补。

②将仕郎：《通典·职官十六》："将仕郎，隋置，散官，大唐因之。"

③左宦：亦作左官。这里指降官，贬职。

④永、远、宗、雷：慧永、慧远、宗炳、雷次宗。《高僧传》卷六《慧远传》："时有沙门慧永，居在西林，与远同门旧好，遂要远同止。……彭城刘遗民、豫章雷次宗、雁门周续之、新蔡毕颖之、南阳宗炳、张莱民、张季硕等，并弃世遗荣，依远游止。远乃于精舍无量寿像前，建斋立誓，共期西方。"

⑤郑氏旧隐：查慎行《庐山记游》："（遗爱）寺本唐郑弘宪所创，韦应物刺江州时有《题郑侍御遗爱草堂》诗云：'居士近依僧，青山结茅屋。'寺僧不知，但设香山木主耳。"

⑥疵厉：《庄子·逍遥游》："其神凝，使物不疵疠而年谷熟。"《释文》："疵，病也。司马云：毁也。疠，恶病也。"厉，通"疠"。

【赏读】

本文作于元和十二年（817），白居易时任江州司马。

在中国文化中，大自然具有亲切、温暖、宽大、包容的特性，是人类的原始栖息地，可以消释人生块垒，令人超然解脱。白居易就是这样一位把自然当作排忧除怨的对象来看待的诗人，当命运将他贬谪江州，庐山便成为他的新友。在庐山秀色里，他成功地走出眼前现实的苦难，寻找到灵魂的避难所，疏散身心，摆落尘杂，忘怀得失，优游卒岁。他热爱名山大川，热爱一花一木，以审美的眼光来观照周围的自然，于寻常之景中发现独特的美，获得心灵的宁静和自由。

自元和十年（815）由长安贬到江州任司马，白居易得以从容游览庐山的自然风光，并全面考察庐山的历史文化遗迹。元和十二年（817）二月二十一日，白居易在庐山置草堂，"开构池宇，在神域中。往来道途，由神门外"。（《祭匡山文》）二月二十五日，庐山草堂"葺构既成，游息方始"，白居易又祭庐山遗爱寺四旁上下大小诸神，祈神保佑，希望"疵厉不作，魑魅不逢。猛兽毒虫，各安其所"。

庐山的北香炉峰、莲花峰、五老峰、鄱阳湖、南香炉峰瀑布、大林峰、锦绣谷、石门涧等处，都留有他的足迹，他还登上庐山，俯瞰长江和江州城，充分感受了庐山的博大雄伟、峻峭秀丽；四季佳景更令他感动不已："庐山以灵胜待我。"（《草堂记》）期间，又游览古柴桑城、栗里陶渊明故居、庾亮楼、东林寺、西林寺、遗爱寺、大林寺、大云寺、慈恩寺、宝称寺、太平宫等胜迹，更深深地感受到庐山人文景观之美："庐山自陶、谢洎十八贤已还，儒风绵绵，相续不绝"（《代书》），"又闻永、远、宗、雷同居于是，道俗并处，古之遗风"。

与韩愈《祭鳄鱼文》以及后来苏轼的《祭城隍神文》一样，白居易《祭庐山文》是古代祭神遗风的流传，不属于常见的哀祭文之列。明人陈天定《古今小品》评价此文："气格苍浑，包涵意大。"

哀二良文

　　丞相陇西公^①出镇于汴州，军司马、御史大夫陆长源^②实左右之，二年而军用宁。司空南阳公^③作藩于徐州，军副使、祠部员外郎郑通诚实先后之，三年而民用康。暨十五年春，陇西薨，浃辰^④而师乱，大夫以直道及祸。十六年夏，南阳薨，翌日而难作，员外以危行遇害。惜乎！大夫，人之望也。员外，国之良也。咸克洁于身，俭于家，勤于邦，又申之以言行、文学、智谋、政事。故其历要官，参剧务，如刀剑发锏，割而无滞；如钟磬在悬，动而有声。识者以为异时登天子股肱耳目之任，必能经德秉哲，绍复陇西、南阳之事业，以藩辅王家。呜呼！善人宜将钟奕叶^⑤之庆，而不免及身之祸。天乎！报施之朕，何其昧欤？昔诗人有《黄鸟》^⑥之章，以哀三良不得其死，今斯文亦以《哀二良》命其篇云。

　　伊大化之无形兮，浩浩而茫茫。中有祸身兮，若机之张。梁之乱兮，陆受其毒；徐之难兮，郑罹其殃。

惟善人兮，邦之纪纲。邦之瘁兮，而人先亡。谓天之
恶下民兮，胡为生此忠良？谓天之爱下民兮，胡为生
此豺狼？我欲阶冥冥，问苍苍。苍苍之不可问兮，俾
我心之尽伤⑦。悲夫！而今而后，吾知夫天难忱而命
靡常。

【注释】

①丞相陇西公：即董晋。贞元五年（789），以门下
侍郎、同平章事拜相。贞元十二年（796）七月，自东都
留守除汴州刺史、宣武军节度使。累封陇西郡开国公。
贞元十五年（799）二月，卒。卒后未十日，汴州军乱，
杀行军司马陆长源等。

②陆长源：贞元十二年（796），授检校礼部尚书、
宣武军行军司马佐董晋。长源性强势，多追究宣武军陈
年恶行，军人畏而恶之。及董晋卒，令长源知留后事，
军士哗变，长源被乱军所杀。

③司空南阳公：即张建封。贞元四年（788），以建
封为徐州刺史兼御史大夫、徐泗濠节度使。贞元七年
（791），加授为检校礼部尚书。贞元十年（794），获封南
阳县开国男。贞元十六年（800）卒，册赠司徒。卒后，
判官郑通诚权知留后事，惧军士谋乱，欲引迁镇浙西兵
入城为援，事泄，徐州军乱，乃杀通诚，拥护张建封之

子张愔为留后。

④浃辰（jiā chén）：十二日。从子至亥十二日为一周，称"浃辰"。《左传·成公九年》："浃辰之间，而楚克其三都。"杜预注："浃辰，十二日也。"

⑤奕叶（yì yè）：累世，代代。蔡邕《琅邪王傅蔡郎碑》："奕叶载德，常历官尹，以建于兹。"

⑥《黄鸟》：《诗经·国风》中的一篇，是讽刺秦穆公以人殉葬，痛悼"三良"的挽诗。《左传·文公六年》："秦伯任好卒。以子车氏之三子奄息、仲行、鍼虎为殉。皆秦之良也。国人哀之，为之赋《黄鸟》。"

⑦蠚（xī）伤：悲伤痛苦。《书·酒诰》："民罔不蠚伤心。"

【赏读】

本文作于贞元十六年（800）。

《哀二良文》是一篇哀文。哀文一般是在告祭死者或天地、山川等神祇时所诵读的文章。在体式上，一般在哀文前有序，称德，述悲，对死者略作传记。本文亦是如此。首先记述殁于乱世的御史大夫陆长源、祠部员外郎郑通诚的生平事迹，赞其德行"咸克洁于身，俭于家，勤于邦，又申之以言行、文学、智谋、政事。故其历要官，参剧务"，然而作为有辅佐王业之才的贤良之人，却

"不免及身之祸"。序文之末:"天乎! 报施之朕, 何其昧软?"反问句式的运用, 充分表达出对忠臣的惋惜之意, 于是引出哀文正文对逝者的伤悼之情, 同时也夹有议论和阐发。

哀文中所云:"谓天之恶下民兮, 胡为生此忠良? 谓天之爱下民兮, 胡为生此豺狼? 我欲阶冥冥, 问苍苍。苍苍之不可问兮, 俾我心之蛊伤。"连续的反问和骚体句式的运用, 深刻地表达出对乱世的愤懑与无奈, 对忠良的眷顾与惋惜。明人陈天定《古今小品》评价此文:"意皆尝谈, 其逸宕则不可及。"

续座右铭

崔子玉《座右铭》①，余窃慕之。虽未能尽行，常书屋壁。然其间似有未尽者，因续为《座右铭》云：

勿慕贵与富，勿忧贱与贫。自问道何如，贵贱安足云。闻毁勿戚戚，闻誉勿欣欣。自顾行何如，毁誉安足论。无以意傲物，以远辱于人。无以色②求事，以自重其身。游与邪分歧，居与正为邻。于中有取舍，此外无疏亲。修外以及内，静养和与真。养内不遗外，动率③义与仁。千里始足下，高山起微尘。吾道亦如此，行之贵日新④。不敢规他人；聊自书诸绅⑤。终身且自勖⑥，身殁贻后昆⑦。后昆苟反是，非我之子孙。

【注释】

①崔子玉《座右铭》：《后汉书·崔瑗传》："瑗字子玉，早孤，锐志好学。……瑗高于文辞，尤善为书、记、箴、铭。"崔瑗《座右铭》："无道人之短，无说己之长。施人慎勿念，受施慎勿忘。世誉不足慕，唯仁为纪纲。

隐心而后动，谤议庸何伤。无使名过实，守愚圣所藏。
在涅贵不淄，暧暧内含光。柔弱生之徒，老氏诫刚强。
行行鄙夫志，悠悠故难量。慎言节饮食，知足胜不祥。
行之苟有恒，久久自芬芳。"《文选》吕延济注："瑗兄
璋为人所杀，瑗遂手刃其仇，亡命。蒙赦而出，作此铭
以自戒，尝置座右，故曰座右铭。"

②色：脸上的神色。

③率：顺着，遵循。

④行之贵日新：《礼记·大学》："汤之《盘铭》曰：
'苟日新，日日新，又日新。'"

⑤书诸绅：书写在自己衣带上，表示警醒自己。绅，
古代士大夫束腰的大带子。

⑥自勖（xù）：自我勉励。

⑦后昆：后嗣，子孙。

【赏读】

本文作于长庆三年（823）以前。

白居易这篇铭文是崔瑗《座右铭》的续篇，在铭文
中，他制定出对自己行为的规范，警醒自己不要因为外
在的褒贬而影响到自我的行为，同时告诫自己要亲君子
远小人。"养内不遗外，动率义与仁。"于"外"，不能
嫌贫爱富，不能对人傲慢无礼，面对别人的赞誉或诋毁，

要坚持自身的行为准则；于"内"，要检点个人的言语与行为，排除外来因素的干扰，做仁义之士。这些行为准则与规范都带有儒家思想的色彩。在文章的结尾处，作者总结了写《续座右铭》的意义就是在于激励自己，警示后人，为后代的言行举止树立标准，并要求后代子孙严格遵守。白居易在努力实现"内圣"的理想人格，既要做到内在修为的完善，又要做到外在社会功能的完满。

晚唐释贯休有《续姚梁公座右铭》，其序曰："愚尝览白太保所作《续崔子玉座右铭》一首，其词旨乃典乃文，再恳再切，实可警策未悟，贻厥将来。"宋代李至亦有《续座右铭》，序云："崔子玉为座右铭，白乐天亦为座右铭。检身之道，几乎殚矣。予尝冥心燕坐，自思所为，虑向之益友，以予位著，不我规也。因疏其所得，亦命为座右铭，聊以自勉。"其辞曰："短不可护，护则终短；长不可矜，矜则不长。尤人不如尤己，好圆不如好方。用晦则天下莫与汝争智，执谦则天下莫与汝争强。多言者老氏所戒，欲讷者仲尼所臧。妄动有悔，何如静而勿动；太刚则折，何如柔而勿刚。吾见进而不已者败，未见退而自足者亡。为善则游君子之域，为恶则入小人之乡。吾将书绅带以自警，刻盘盂而过防，岂如长存于座右，庶夙夜之不忘。"

自诲

　　乐天乐天，来与汝言。汝宜拳拳①，终身行焉。物有万类，锢人如锁。事有万感，爇②人如火。万类递来，锁汝形骸。使汝未老，形枯如柴。万感递至，火汝心怀。使汝未死，心化为灰。

　　乐天乐天，可不大哀！汝胡不惩往而念来？人生百岁七十稀，设使与汝七十期，汝今年已四十四，却后二十六年能几时？汝不思二十五六年来事，疾速倏忽如一寐？往日来日皆瞥然，胡为自苦于其间？

　　乐天乐天，可不大哀！而今而后，汝宜饥而食，渴而饮，昼而兴，夜而寝。无浪喜，无妄忧。病则卧，死则休。此中是汝家，此中是汝乡。汝何舍此而去，自取其遑遑③？遑遑兮欲安往哉？乐天乐天归去来！

【注释】

　　①拳拳：勤勉貌。

　　②爇（ruò）：焚烧。《淮南子·兵略》："毋爇

五谷。"

③遑遑：心神不安的样子。陶渊明《归去来兮辞》：
"胡为乎遑遑欲何之。"

【赏读】

本文作于元和十年（815），长安。

元和十年，白居易上表主张缉拿刺杀宰相武元衡的
凶手，被认为是越职言事，贬为江州司马。在贬谪诏书
到达之前他很苦闷，写此篇以自慰。

元朝刘谧作《三教平心论》，以佛教观点论述儒释道
三教理论，中云："白乐天《自诲》曰：'人生百岁七十
稀，设使与汝七十期，汝今年已四十四，去后二十六年
能几时？汝不思：二十五六年来事，疾速倏忽如一寐。'
则其死也，岂不甚易哉！以难得之生，而促之以易至之
死，可以兢兢业业，昼惊夕惕，为解脱之计乎？佛以解
脱法门示天下，凡有血气心智之性者，皆可趋而入也，
而唯根器不凡，智识超卓，得正知见，不堕邪见。"

明代金之俊有《病起仿白乐天自诲》："古来七十稀，
余年四十六。七十或可期，来日已苦速。二十四年间，
光阴如转轴。追前以思后，世事概可烛。生计本来疏，
宦情终未熟。富贵总逼人，享受良局促。而况草上霜，
修短杳难卜。只今一病余，未老同枯木。到此不回头，

真可深痛哭。第宅宁吾庐，逆旅仅一宿。眷属岂久依，
栖鸟偶相簇。徒隶与王侯，到头皆枯髑。嗜膻固豢豕，
嗟穷亦痴鹿。身世两俱空，胡为自结束。刈愁如刈草，
毋使断还续。破妄犹破暗，须将慧炬瞩。鼎食吾不甘，
但办饥时粥。重裘非所愿，拥炉亦自燠。不馁又不寒，
荡然无可欲。默坐向空王，梦境忽有触。梦醒还防梦，
努力幸自勖。由来闻道难，得少勿遽足。"

八渐偈并序

　　唐贞元十九年秋八月，有大师曰凝公①迁化于东都圣善寺②钵塔院。越明年二月，有东来客白居易作《八渐偈》。偈六句四言以赞之。初，居易常求心要于师，师赐我八言焉。曰观，曰觉，曰定，曰慧，曰明，曰通，曰济，曰舍。由是入于耳，贯于心，达于性，于兹三四年矣。呜呼！今师之报身则化，师之八言不化。至哉八言，实无生忍观之渐门③也。故自观至舍，次而赞之。广一言为一偈，谓之《八渐偈》。盖欲以发挥师之心教，且明居易不敢失坠也。既而升于堂，礼于床，跪而唱，泣而去。偈曰：

　　观偈　以心中眼，观心外相。从何而有，从何而丧？观之又观，则辩真妄。

　　觉偈　惟真常在，为妄所蒙。真妄苟辩，觉生其中。不离妄有，而得真空。

　　定偈　真若不灭，妄即不起。六根之源，湛如止水。是为禅定，乃脱生死。

慧偈　专之以定，定犹有系。济之以慧，慧则无滞。如珠在盘，盘定珠慧。

明偈　定慧相合，合而后明。照彼万物，物无遁形。如大圆镜，有应无情。

通偈　慧至乃明，明则不昧。明至乃通，通则无碍。无碍者何？变化自在。

济偈　通力不常，应念而变。变相非有，随求而见。是大慈悲，以一济万。

舍偈　众苦既济，大悲亦舍。苦既非真，悲亦是假。是故众生，实无度者。

【注释】

①凝公：即法凝，北宗禅传人，居圣善寺。贞元十五年（799）白居易由宣城回到洛阳，师事法凝禅师。

②圣善寺：在东都洛阳章善坊。《唐会要》载："圣善寺，章善坊。神龙元年二月，立为中兴。二年，中宗为武太后追福，改为圣善寺。"

③无生忍观之渐门：指法凝所传北宗禅法。无生忍，又作无生法忍。《大智度论》卷五十："无生法忍者，于无生灭诸法实相中信受通达，无碍不退，是名无生忍。"渐门，北宗禅被称为渐门。《六祖坛经·顿渐品》："于时两宗盛化，人皆称南能北秀，故有南北二宗顿渐之分。"

【赏读】

　　本文作于贞元二十年（804）二月，长安。陈振孙《白文公年谱》"贞元二十年甲申"下云："有《八渐偈》。二月，在东都作。"明人陈天定《古今小品》评价此文："寥寥数语，亦具起伏隐现之变。"

　　元释妙声《题虞侍讲书白太傅八渐偈》云："香山居士八渐偈，青城先生隶古书。金薤琳琅殊可爱，文章官阀总相如。白云开士成都客，同是青城故乡陌。天藻亭深翰墨香，法云地古天花白。白云悠悠去不返，橘树雕伤坐成晚。满把空怀明月珠，招魂谁洒雕胡饭？古人事佛今人非，二老风流今古稀。大胜潮阳韩刺史，晚因闻道却留衣。"

　　《秘殿珠林》载，明人董其昌曾书白居易诸偈一册。其书《八渐偈》，识云："白香山得法于鸟窠禅师，其生平宦路升沉皆以禅悦消融，入不思议三昧。此八偈名为渐偈，实顿宗也。"

　　明末高僧觉浪道盛《题方孩未侍御书白香山八渐偈卷》云："白香山于教义无涯中，揭出八渐，如使人从一摩尼圆照中，求入头处，亦是导人一方便也。"

画弥勒上生帧赞并序

　　南赡部洲大唐国东都城长寿寺①大苾刍②道嵩、存一、惠恭等六十人，与优婆塞③士良、惟俭等八十人，以大和八年夏受八戒，修十善，设法供，舍净财，画兜率陀天宫弥勒上生内众一铺。眷属围绕，相好庄严。于是嵩等曲躬合掌，焚香作礼，发大誓愿。愿生内宫，劫劫生生，亲近供养。按《本经》④云：可以除九十九亿劫生死之罪也。有弥勒弟子乐天同是愿，遇是缘，尔时稽首当来下生慈氏世尊足下，致敬无量而说赞曰：

　　百四十心，合为一诚。百四十口，发同一声。仰慈氏形，称慈氏名。愿我来世，一时上生。

【注释】

　　①长寿寺：《唐会要》："长寿寺，在嘉善坊。长寿元年，武后称齿生发变，大赦改元，仍置长寿寺。"白居易《赠僧五首》之《清闲上人》注："自蜀入洛，于长寿寺说法度人。"

②苾刍（bì chú）：本为西域名草，后来指出家的佛门弟子。《大唐西域记》："大者谓苾刍，小者称沙弥。"

③优婆塞：指在家信佛行、佛道并受了三皈依的男子。

④《本经》：即《观弥勒菩萨上生兜率天经》。

【赏读】

本文作于大和八年（834），洛阳。

佛教是白居易晚年重要的精神支柱，他用佛教陶冶性情，希望可以逍遥自在，自得其乐，随遇而安。不过，与其说白居易是佛教信徒，倒不如说他是净土往生的皈依者。作为最终信仰，白居易愿生净土。

在白居易数量和门类杂多的赞、偈、箴、铭等文体中，从佛教文学角度来看，最有价值且最具特色者，是偈赞类。《画弥勒上生帧赞并序》可算是代表之一，明人陈天定《古今小品》评价此文："淡淡自老，落落自古。"

这是一篇描述受戒、为弥勒画像、祈祷往生永世弥勒净土的誓愿文。赞文本身由四言八句构成。序文"南赡部洲大唐国东都城长寿寺"云云的起首法，成为一种文例，为后世日本等国受戒会时的启白文、愿文等所沿用。

貘屏赞并序

貘①者，象鼻，犀目，牛尾，虎足，生南方山谷中。寝其皮辟瘟，图其形辟邪。予旧病头风，每寝息，常以小屏卫其首。适遇画工，偶令写之。按《山海经》，此兽食铁与铜，不食他物。因有所感，遂为赞曰：

邈②哉奇兽，生于南国。其名曰貘，非铁不食。昔在上古，人心忠质。征伐教令，自天子出。剑戟省用，铜铁羡溢③。貘当是时，饱食终日。三代以降，王法不一。铄铁为兵，范铜为佛。佛像日益，兵刃日滋。何山不划④，何谷不隳？铢铜寸铁，罔有孑遗。悲哉彼貘，无乃馁而？呜呼！匪貘之悲，惟时之悲。

【注释】

①貘：《尔雅·释兽》："貘，白豹也。"郭璞注："似熊。小头，庳脚，黑白驳，能舐食铜铁及竹骨。骨节强直，中实少髓，皮辟湿。"《说文》："貘，似熊，黄色，

出蜀中。"

②邈：高远，模糊不清。这里指神秘。

③羡溢：富裕，充足。

④划（chǎn）：同"铲"。

【赏读】

本文作于长庆三年（823）以前。

宋苏颂《图经本草》云："或曰豹，白色者别名貘，唐时多画貘作屏，白居易有赞序之……今黔、蜀中时有。"明田艺蘅《留青日札》："貘，似熊而黄黑色，出蜀。白居易云：'象鼻，犀目，牛尾，虎足。寝其皮辟瘟，图其形辟邪。'今俗谓之白泽，杭有白泽大王庙，犹所谓白马庙也。"又引《轩辕纪》："帝登桓山，于海滨得白泽神兽，能言，达于万物之情。因问天下鬼神之事，令写为图，作祝邪之文以祝之。"

明人陈天定《古今小品》评此文："意至而文成，非关思索。"

酒功赞并序

晋建威将军刘伯伦^①嗜酒，有《酒德颂》^②传于世。唐太子宾客白乐天亦嗜酒，作《酒功赞》以继之。其词云：

麦曲之英，米泉之精。作合为酒，孕和产灵。孕和者何？浊醪一樽。霜天雪夜，变寒为温。产灵者何？清醩一酌。离人迁客，转忧为乐。纳诸喉舌之内，淳淳泄泄^③，醺醺沨沨。沃诸心胸之中，熙熙融融，膏泽和风。百虑齐息，时乃之德；万缘皆空，时乃之功。吾尝终日不食，终夜不寝。以思无益，不如且饮。

【注释】

①刘伯伦：即刘伶，字伯伦，仕魏为建威参军。

②《酒德颂》：刘伶所作，文曰："有大人先生者，以天地为一朝，万期为须臾，日月为扃牖，八荒为庭衢。行无辙迹，居无室庐。幕天席地，纵意所如。止则操卮执觚，动则挈榼提壶。唯酒是务，焉知其余。有贵介公

子，缙绅处士，闻吾风声，议其所以。乃奋袂攘襟，怒目切齿，陈说礼法，是非锋起。先生于是方捧罂承槽，衔杯漱醪，奋髯箕踞，枕曲藉糟。无思无虑，其乐陶陶。兀然而醉，豁尔而醒。静听不闻雷霆之声，熟视不睹泰山之形。不觉寒暑之切肌、利欲之感情。俯观万物之扰扰，如江汉之载浮萍。二豪侍侧焉，如螟蛉之与蜾蠃。"

　　③淳（chún）淳泄泄：淳淳，流动貌。泄泄，舒缓貌。

【赏读】

　　本文作于大和二年（828）至大和四年（830）间，洛阳。

　　刘伶以嗜酒知名于世，作有《酒德颂》。白居易在此"继之"，作《酒功赞》，赞美酒能"孕和产灵"、"变寒为温"、"转忧为乐""百虑齐息，时乃之德；万缘皆空，时乃之功"，不仅称颂酒活血驱寒和消愁解忧的功效，还现身说法地劝酒道："吾尝终日不食，终夜不寝。以思无益，不如且饮！"堪称酒壮诗色的写照。

　　"所采唯三友，三友者为谁。琴罢辄举酒，酒罢辄吟诗。三友递相引，循环无已时。"从这首《北窗三友》，即可看出白居易对酒爱之真切，把诗、酒、琴当作最为知心的三位朋友。他每到一处做官，都要以酒为号，任河南尹时号醉尹，贬江州司马号醉司马，当太子少傅时号醉傅，总号醉吟先生。宋人方勺在《泊宅编》中说："白乐天多乐诗，二千八百首中，饮酒者八百首。"

白居易创作的与酒有关的诗文中，既有赞颂酒的《酒功赞》，也有为自己喝酒找理由的《劝我酒》《花下自劝酒》；既有劝别人喝酒的《劝酒诗》，更有回答友人劝酒的《答劝酒》。总览他的劝酒诗，以《劝酒十四首》最为有名。这首咏酒诗是组诗，共分为两题，即《何处难忘酒》《不如来饮酒》。每题各七首，主要表达求闲、求静、求无思虑、求无作为的老庄思想和佛家禅理。此外，他的《劝酒》和《劝酒寄元九》也颇不寻常，不但在诗中向朋友灌输喝酒的好处，还一再劝朋友喝酒。特别是《劝酒》诗，更引起历代文人墨客共鸣。诗云："劝君一杯君莫辞，劝君两杯君莫疑，劝君三杯君始知。面上今日老昨日，心中醉时胜醒时；天地迢迢自长久，白兔赤乌相趁走。身后堆金柱北斗，不如生前一樽酒！"末句"身后堆金柱北斗，不如生前一樽酒"，与陶渊明"但恨在世时，饮酒不得足"异曲同工，成为千古传唱的经典名句，更成为酒桌上劝酒时最具杀伤力的炮弹。

在《东楼招客夜饮》诗中，白居易讲述邀友饮酒浇愁的情景："莫辞数数醉东楼，除醉无因破得愁。唯有绿樽红烛下，暂时不似在忠州！"为了酒，家中什么东西都可以拿去换，正如《晚春沽酒》云："卖我所乘马，典我旧朝衣。尽将沽酒饮，酩酊步行归。名姓日隐晦，形骸日变衰。醉卧黄公肆，人知我是谁?"在《醉吟》诗中，讲了酒与诗的关系："两鬓千茎新似雪，十分一盏欲如泥。酒狂又引诗魔发，日午悲吟到日西。"

白居易的《酒功赞》，并非孤立之作。饮酒既成为时俗，文人雅士们为增添饮酒的乐趣，便有专门记叙酒事、酒令的著述问世，此类著作大行于隋唐之世。如侯白《酒律》，刘炫、王绩《酒孝经》，王绩《酒谱》，李琏《甘露经酒谱》，胡节《醉乡小略》，皇甫松《醉乡日月》。除此之外，还有诸多记赞箴赋之作，各抒襟怀以记酒事，从中可以一窥唐代饮酒风貌。如王绩《醉乡记》，皇甫湜《醉赋》，皮日休《酒箴》，陆龟蒙《中酒赋》等。

盱江先生李觏《闽中岁暮》云："乡愁莫更欺闲客，薄酒从来亦有功。"自注云："白乐天有《酒功赞》。"明人陈天定《古今小品》评本文曰："有谐趣，不厌其俗。"

齿落辞并序

开成二年，予春秋六十六，瘠黑衰白，老状具矣。而双齿又堕，慨然感叹者久之，因为《齿落辞》以自广。其辞曰：

嗟嗟乎双齿，自吾之有尔，俾尔嚼肉咀蔬，衔杯漱水。丰吾肤革，滋吾血髓。从幼逮老，勤亦至矣。幸有辅车[①]，非无断腭。胡然舍我，一旦双落？齿虽无情，吾岂无情？老与齿别，齿随涕零。我老日来，尔去不回。嗟嗟乎双齿，孰谓而来哉？孰谓而去哉？齿不能言，请以意宣。

为君口中之物，忽乎六十余年。昔君之壮也，血刚齿坚。今君之老矣，血衰齿寒。辅车断腭，日削月朘。上参差而下巉巇[②]，曾何足以少安。嘻！君其听哉：女长辞姥，臣老辞主。发衰辞头，叶枯辞树。物无细大，功成者去。君何嗟嗟，独不闻诸道经：我身非我有也，盖天地之委形。[③]君何嗟嗟，又不闻诸佛说：是身如浮云，须臾变灭。[④]由是而言，君何有焉？所宜委百骸而顺万化，胡为乎嗟嗟于一牙一齿之间？吾应曰：吾过矣，尔之言然。

【注释】

①辅车：指面颊和牙床。

②脆脆（wù niè）：不安的样子。

③"闻诸道经"三句：《庄子·知北游》："舜问乎丞曰：'道可得而有乎？'曰：'汝身非汝有也，汝何得有夫道？'舜曰：'吾身非吾有也，孰有之哉？'曰：'是天地之委形也。'"

④"闻诸佛说"三句：《维摩经·方便品》："是身如浮云，须臾变灭。"

【赏读】

本文作于开成二年（837），洛阳。

《唐宋诗醇》评曰："游戏名通，《庄子》寓言之旨也。后段分三层：功成者去一层，是盛衰相寻之理。道经一层，归于旷达；佛说一层，衷诸虚无。小中见大，视韩愈《落齿》诗，更觉波澜不竭。"

韩愈《落齿》诗："去年落一牙，今年落一齿。俄然落六七，落势殊未已。余存皆动摇，尽落应始止。忆初落一时，但念豁可耻。及至落二三，始忧衰即死。每一

将落时，懔懔恒在己。叉牙妨食物，颠倒怯漱水。终焉
舍我落，意与崩山比。今来落既熟，见落空相似。余存
二十余，次第知落矣。倘常岁落一，自足支两纪。如其
落并空，与渐亦同指。人言齿之落，寿命理难恃。我言
生有涯，长短俱死尔。人言齿之豁，左右惊谛视。我言
庄周云：木雁各有喜。语讹默固好，嚼废软还美。因歌
遂成诗，持用诧妻子。"

　　清初王士禛亦有《齿落》诗："前日落左车，今日落
右车。龃然落未已，一往将何如。辅车一失势，舌在空
踌躇。枕流爱清泠，漱石愁龃龉。齿发关神明，斯言闻
岂虚。编贝妒曼倩，啸歌希幼舆。勿慨马齿长，后殆无
留余。是身如浮云，变灭在须臾。何妨此赘疣，造物为
驱除。昔者白太傅，颇耽释氏书。既知顺化理，胡为重
唏嘘。悔不早致柔，或以永居诸。（自注云：白乐天《齿
落辞》：老与齿别，齿随涕零。）"

　　致柔以克刚，也许可以得永居之理，唯白太傅唏嘘
于一牙一齿之间，也是藉之以忘情入理而自解，方悟得
委百骸而顺万化之道，岂可过河拆桥？

论魏征旧宅①状

李师道②奏请出私财收赎魏征旧宅事宜。

右，今日守谦③宣令撰与师道诏，所请收赎魏征宅还与其子孙，甚合朕心，允依来奏者。臣伏以魏征是太宗朝宰相，尽忠辅佐，以致太平。在于子孙，合加优恤。今缘子孙穷贱，旧宅典卖与人。师道请出私财收赎，却还其后嗣，事关激劝，合出朝廷。师道何人，辄掠此美？依宣便许，臣恐非宜。

况魏征宅内旧堂，本是宫中小殿。太宗特赐，以表殊恩。既又与诸家不同，尤不宜使师道与赎。计其典卖，其价非多。伏望明敕有司，特以官钱收赎，便还后嗣，以劝忠臣。则事出皇恩，美归圣德。臣苟有所见，不敢不陈。其与师道诏未敢依宣便撰，伏待圣旨。谨具奏闻。谨奏。

【注释】

①魏征旧宅：程大昌《雍录》载："魏征宅在丹凤门

直出南面永兴坊内。"《旧唐书·魏征传》:"征宅先无正寝,太宗欲为小殿,辍其材为征营构,五日而成,遣中使赍素褥布被而赐之,遂其所尚也。"

②李师道:唐时高丽人,李师古异母弟。初为密州刺史,元和元年(806),李师古死后,李师道自领淄青平卢节度使,拜检校司空、同平章事,割据十二州之地。

③守谦:即梁守谦,唐代著名宦官。唐德宗贞元末年入宫,历任内府局令、学士院使、掖庭局令、内常侍等职。梁守谦元和初任翰林(学士)院使。

【赏读】

本文作于元和四年(809),长安。

《资治通鉴》载:"(元和四年闰三月)魏征玄孙稠贫甚,以故第质钱于人,平卢节度使李师道请以私财赎出之。上命白居易草诏,居易奏言:'事关激劝,宜出朝廷。师道何人,敢掠斯美!望敕有司以官钱赎还后嗣。'上从之,出内库钱二千缗赎赐魏稠。"《旧唐书·白居易传》载此事,谓:"宪宗深然之。"

淄青平卢节度使李师道是元和朝实力雄厚的藩镇割据者,继其祖父李正己、父李纳、兄李师古盘踞河北、经营三代以来,继续擅权专政,培植势力,与朝廷分庭抗礼。元和初期,朝廷主要对其采取绥靖安抚政策,但也有警惕与防备。

　　魏征后代家道中落，欲出卖老宅以维持生计。李师道准备以私财赎买之，然后还宅与魏氏后人，以彰显自己的仁德，从而笼络人心。这一计划得到当时未明得失利害关系的宪宗"甚合朕心"的允诺。白居易上《论魏征旧宅状》陈说事理，以其明辨是非的敏锐目光启迪圣心，以犀利尖锐的言辞戳穿李师道背后潜藏的奸诈之心。程大昌《雍录》曰："居易深探太宗重征之意，欲其还赎，使事出朝廷，而不出臣下也。"

进士策问五道

第一道

问：《礼记》曰："事君有犯无隐①。"又曰："为人臣者不显谏②。"然则不显谏者，有隐也，无乃失事君之道乎？无隐者，显谏也，无乃失为臣之节乎？《语》曰："不知命，无以为君子。"③《易》曰："乐天知命，故不忧。"④又《语》曰："君子忧道不忧贫⑤。"斯又忧道者非知命乎？乐天不忧者非君子乎？夫圣人立言，皆有伦理，虽前后上下若贯珠，然今离之则可以旁行，合之则不能同贯，岂精义有二耶，抑学者未达其微旨耶？

第二道

问：大时不齐，大信不约，大白若辱，大直若屈，⑥此四者，先圣之格言，后学之彝训，有国者酌之以行化也，立身者践之以修己也。然则雷一发而蛰虫苏，勾萌达，霜一降而天地肃，草木衰，其为时也大矣，斯岂不齐者乎？日月代明而昼夜分，刻漏者准之，无杪忽之失焉；春秋代谢而寒暑节，律吕者候之，无累黍之差焉。其为信也大矣，斯岂不约者乎？尧让天下而许由遁，周有天下而伯夷饿，其为白也大矣，斯亦不辱者乎？桀不道，龙逢谏而死，纣不道，比干谏而死，其为直也大矣，斯岂不屈己者乎？由是而观，有国者、立身者惑之久矣，众君子试为辨之。

第三道

　　问：大凡人之感于事，则必动于情，发于叹，兴于咏，而后形于歌诗焉，故闻"蓼萧"之咏，则知德泽被物也；闻"北风"之刺，则知威虐及人也；闻"广袖"、"高髻"之谣，则知风俗之奢荡也。古之君人者采之，以补察其政，经纬其人焉。夫然，则人情通而王泽流矣。今有司欲请于上，遣观风之使，复采诗之官，俾无远迩，无美刺，日采于下，岁闻于上，以副我一人忧万人之旨。识者以为何如？

第四道

问：百官职田，盖古之稍食⑦也。国朝之制，悬在有司，兵兴以还，吏鲜克举。今稽其地籍，则田亦具存，计以户租，则数多散失。至使内外官中，有品秩等，局署同，而厚薄相悬，不啻乎十倍。斯者积弊之甚也，得不思革之乎？请陈所宜，以救其失。

第五道

问：谷帛者，生于下也；泉货者，操于上也。必由均节，以致厚生。今田畴不加辟，而菽粟之价日贱，桑麻不加植，而布帛之估日轻。懋力者轻用而愈贫，射利者贱收而愈富，致使农人益困，游手益繁矣。然岂谷帛敛散之节，失其宜乎？将泉货轻重之权，不得其要乎？今天子方策天下贤良政术之士，亲访利病，以活元元。吾子若待问于王庭，其将何辞以对？

【注释】

①事君有犯无隐：《礼记·檀弓上》："事君有犯而无隐，左右就养有方，服勤至死，方丧三年。"注："既谏，

人有问其国政者，可以语其得失，若齐晏子为晋叔向言之。"

②为人臣者不显谏：《礼记·曲礼下》："为人臣之礼，不显谏。三谏而不听，则逃之。"注："逃，去也。君臣有义则合，无义则离。"

③"《语》曰"及以下二句：《论语·尧曰》："孔子曰：'不知命，无以为君子也；不知礼，无以立也；不知言，无以知人也。'"

④"《易》曰"及以下二句：《易·系辞上》："旁行而不流，乐天知命故不忧。"

⑤君子忧道不忧贫：《论语·卫灵公》："子曰：'君子谋道不谋食。耕也，馁在其中矣；学也，禄在其中矣。君子忧道不忧贫。'"

⑥"大时不齐"四句：《礼记·学记》："君子曰：大德不官，大道不器，大信不约，大时不齐。察于此四者，可以有志于本矣。"《老子》四十一章："大白若辱。"四十五章："大直若屈。"

⑦稍食：《周礼·天官·宫正》："均其稍食。"注："稍食，禄廪。"

【赏读】

本文文题原注："元和二年为府试官。"可见作于元和二年（807），长安。李商隐《白公墓碑铭》："（元和）元年，对宪宗诏策语切，不得为谏官，补盩厔尉。明年，试进士，取故萧遂州澣为第一。事毕，为集贤校理。"可见白居易充进士考官在元和二年。

当时白居易是由盩厔尉，调充京兆府考官。而任盩厔尉是在去年，亦即元和元年（806）四月应才识兼茂明于体用科及第之后，可见那时的白居易还只是一个级别较低的下层官员。但他仍然将"事君"问题写入进士考试的策问中。这次策试的答卷我们现在已不得而见，但策问本身，已经表明这个问题的重要性，以及试官认识和实行的自觉性。"谏"是人臣事君的主要内容和方式，而"谏"的实质就是给君主以匡正，这个问题不仅关系到君主的举措是否得当，而且关系到天下人民的生存利害，同时又与进谏者自身的利益甚至安危密切相关。

这些测试别人的考题，也很能体现出题者白居易自己关注的焦点。第一道问题，列举几个互相矛盾的命题，如出自《论语》的"不知命，无以为君子"和"君子忧道不忧贫"，与出自《易经》的"乐天知命，故不忧"互相矛盾，让考生根据自己的理解进行讨论。第二道问题，要求辩论"大时不齐，大信不约，大白若辱，大直若屈"与现实之间的矛盾。第三道问题，探讨"复采诗之官"可否，主要精神与他之前的《策林·采诗》相应。

但《策林·采诗》还只是白居易私下的主张，而作为府试官所出的策问试题，则是以公开化的形式代表官方意志与趋尚。时隔一年，白居易于元和四年（809）担任左拾遗时，创作了《新乐府》五十篇，其末篇《采诗官》再度重申这一主张。第四道问题，与田地户籍相关。第五道问题，讨论农民问题。其中明确指出农民在当时社会条件下的困境："田畴不加辟，而菽粟之价日贱，桑麻不加植，而布帛之估日轻。"后三个问题很容易让人联想到《策林》中的《采诗》《议井田叶陌》和《息游堕》，可见白居易对此类问题，有着一以贯之的思考。

策林序

元和初，予罢校书郎，与元微之将应制举，退居于上都华阳观①。闭户累月，揣摩当代之事，构成策目七十五门。及微之首登科，予次焉。②凡所应对者，百不用其一二。其余自以精力所致，不能弃捐。次而集之，分为四卷，命曰《策林》云耳。

【注释】

①华阳观：在永崇坊。《唐两京城坊考》："宗道观，本兴信公主宅，卖与剑南节度使郭英乂。其后入官。大历十二年为华阳公主追福，立为观。按，观为华阳公主立，故亦曰华阳观。"

②"及微之"二句：《资治通鉴》："（元和元年四月）丙午，策试制举之士，于是校书郎元稹、监察御史独孤郁、校书郎下邽白居易、前进士萧俛、沈传师出焉。"元稹与白居易同登制科，元稹拜拾遗，白居易授盩厔尉。

【赏读】

本文作于元和元年（806），长安。

在唐代制举科考试中，试策是主要的考试内容，甚至可以说是制举科唯一的试项。元和元年（806），在参加制举考试之前，白居易与好友元稹拟作七十五篇《策林》，以自砺自试。《策林》从时务政治出发，探讨为君为圣之道、施政化民之略、求贤选能之方、整肃吏治之法、省刑慎罚之术、治军御兵之要、矜民恤情之核、礼乐文教之功等八个方面，涵盖大唐政治与民生诸多宏观与微观问题。其精神特质体现在以民为本的儒家情怀、重振国威的使命意识、有犯无隐的批评精神、尚明崇圣的复古理念、客观理性的辩证色彩等五个方面，是白居易早期思想的结晶。

《策林》既是白居易与元稹首创的策学集成之作，也集中反映出白居易早期的政治思想。从《策林》的论题设计和许多具体议论来看，在写作中不但参考《贞观政要》《陆宣公奏议》等唐代重要政治文书，而且利用任校书郎之便，直接参照了杜佑在贞元十七年（801）所上《通典》一书，既吸取了杜佑本人的观点，也参酌了该书所汇聚的历代史志政论材料，使得《策林》几乎涵括中唐所有重要政治议题，而其内容则能够反映兵赋之学在当时所达到的水平。

　　白居易的科试文章，曾被士人当作学习仿效的程式。赵璘《因话录》说："李相国程、王仆射起、白少傅居易兄弟、张舍人仲素为场中词赋之最，言程式者，宗此五人。"《策林》的某些言论，甚至被采入武宗所下制诏。文宗时以应制敢言闻名的刘蒉，其议论指斥亦可看出《策林》的影响。到后代，如《金史·徒单镒传》记载："（大定）五年，翰林侍讲学士徒单子温进所译《贞观政要》《白氏策林》等书。"统治阶层甚至把它视作简明的治政手册。